D1937847

WIENER LITERARITÄTEN

Band 2

Hartriegel

Herausgeber
Richard **K**ovacevic **u.** Emmerich **K**olovic

© bei den Herausgebern
Alle Rechte vorbehalten

1990, Wien

ISBN 3-900924-02-3

THADDÄUS HARTRIEGEL

oder

WANN NUR DER SCHWEMMINGER KÄM

Monologe eines Hausherrn
aus der Gründerzeit

LYNKEUS

VERLAG

VERLAG LYNKEUS
Hermann Hakel Gesellschaft
A-1010 Wien, Babenbergerstraße 1/16

Graphische Gestaltung
Ilse Kovacevic

Herstellungsleitung
Friedrich Pintar

Druck
Peter Schindler GesmbH, Gmünd

Illustration
Zeichnungen von Hans Schließmann

Gedruckt mit Unterstützung des
Bundesministeriums für Unterricht, Kunst und Sport
und des Kulturamtes der Stadt Wien

INHALT

REFORMEN

Des san Zeiten! Wer kennt sich da noch aus? Unter meinen Bekannten kaner mehr! Dabei san mir lauter Hausherren, Gschäftsleut mit Geld und Kinder vom Grund. Vorn zwa goldene Hemdknöpfln und kaner ohne drei Ring an jedem Finger der rechten Hand . . .

Seit zehn Jahrn kommen mir täglich zsamm und habn glaubt, die Welt is repariert und wenigstens fürs nächste Jahrhundert zsammgnagelt. Wann so a Freisinniger nach aner Republik gschrien hat, habn mir ihms ordentlich zagt! Seit 1850 hab i ka politische Zeitung mehr glesn, weil i gmant hab, daß die Zeitungen überhaupt bald aufhörn werdn — ausgenommen die Kirchen- und die Wiener Zeitung.

Sagt mir neulich auf meiner Mariazellerfahrt a hoher Herr, daß sich jetzt a jeder anstrengen soll, um nicht hinter dem Geist der Zeit zurückzubleiben, weil er sonst unrettbar verloren ist. Und damit i mi net ganz verlier, werd i mir jetzt so a liberale Zeitung abonnieren, damit i was von den Fundamentalgesetzen und Kommunalordnungen erfahr!

Mei Nachbar, der Schwemminger, der sagt allerdings, daß alles ganz anders is, mir verstehns nur net recht. Er, der Schwemminger, is jetzt a Bildungsnarr wordn und holt sich Büchln aus der Leihbibliothek! Aber mi fangens net damit, i laß mi nimmer reformieren!

GESCHWORENENGERICHT

Jetzt is ihnen des a net recht, daß i die Wahl zum Gschworenen net annimm! Da ghörn jüngere Leut dazu, die mehr Zeit habn als i. Woher soll i denn die Zeit nehma, daß i mi wegen an oder a paar Schurnalisten den ganzen Tag in an dunstigen Gerichtsverhandlungssaal hineinsetz?

In der Fruah um achte steh i auf, wasch mi und zieh mein Schlafrock an — derweil wirds halber zehne. Nachher trink i mein Kaffee und les des „Fremdenblatt" und am Dienstag oder Samstag den „Kikeriki" extra noch. Hernach geh i zum Kummer, wo der Schwemminger auf mi wart, auf a klanes Gabelfrühstück. Da trink i nur in aller Gschwindigkeit zwa oder drei Krügln Bier, derweil is es eins oder halberzwei, also höchste Zeit, daß i zum Essen zhaus komm. Nachm Essen mach i a klans Schlaferl, so bis um a viere oder viertelauffünfe, da muß i mi scho tummeln, daß i zum Gabesam noch zu der Billardpreference zurecht komm, — oft spielt eh schon der Eduard statt meiner. Die Preference dauert sicher bis sechse, aber manchmal schreiben mir noch um viertelaufsieben an frischen Hunderter auf. Dann rauch i noch a klans Pfeiferl, les den Kursbericht in der „Wiener Abendpost" und die Verstorbenen in der „Neuen Press", da wirds grad halberneune, bis i zur „Kohlkreuzn" hinauskomm, wo i grad bis elfe brauch, bis i meine sechs Krügln Bier vertilgt hab; dann bin i aber schon froh, wann i um zwölfe ins Bett komm, daß i in der Fruah wieder was nutz bin!

Jetzt frag i mi, wo unseraner die Zeit hernehmen soll, daß er sich umasonst in den Gerichtsverhandlungssaal hineinsetzt?! Zu was zahln ma denn nachher unsere Landesgerichtsräte?

Wann nur der Schwemminger käm!

MONUMENTE

Welcher Wiener sollte nicht mit Stolz an seinem populären Grillparzer hängen?! Weil i nur a paar Schritt vom Volksgarten weg war, hab i mir die Enthüllung von dem sein Monument angschaut. Feierlich is sie verflossen, wie alles in Wien. Nur ans hat zur Aufsetzung der Krone für solche Festivitäten gfehlt: a Erfrischung für den Körper! Wenigstens Bier und Würstel hättens umreichen können. Hat net eh der Grillparzer gsagt: „Wo sich Geist und Herz tut laben, will der Magen auch was haben!"

Aber mit dem Ort der Aufstellung von dem Monument bin i gar net einverstanden. Da debattierns und suchns a Ewigkeit und machen letztlich doch an Palawatsch!

Der Grillparzer ist nach den Zeitungen bekanntlich unser größter Dichter. Na also! Warum habns den Mann nachher net lieber am Praterstern postiert? Im Prater wird des meiste Bier vertilgt. Und dort hätt der Dichter, der immer gesungen hat: „In meinem Lager ist Österreich!" ganz famos hinpaßt.

Na und der Tegetthoffer, der hätt in den Stadtpark abisegln müssen, aufm Zelinka sein Posten. Als Seeheld hätt er sich in der Näh von an Teich ganz guat gmacht. Der Zelinka wär dagegen vorm Kriegsministerium aufm richtign Platz gstandn, weil er uns im Sechsasechzgerjahr vor die Preußen errettet hat.

Bleibt noch der Radetzky übrig. Aber den hättens meinetwegen in den Volksgarten stellen können, weil dort hätt ers wenigstens grün ghabt. Oder na, eigentlich steht er guat am „Hof“, mitten unter die Standlerinnen, wo gnug gstrittn und kämpft wird.

Den Haydn habns vor a Kirchn gstellt und der Schiller, der doch Regimentsarzt war, hätt gwiß besser in an von die Spitalshöf paßt. Aber na, für den habns gar an eigenen „Schillerplatz“ erbaun müssen! Natürlich, mir habns ja so dick! San halt lauter so gemeinderätliche Schnitzer.

I find, daß es a große Gedankenlosigkeit von die Künstler is, daß sie so a Monument anfertigen, bevor sie sich vergewissert habn, ob überhaupt a Platz zum Aufstelln vorhandn is, — und wann hinaner da is, ob ma so a großes Gwicht auch hintransportiern kann!

I tät die Aufstellungsfrag mit an anzign Schlag erledign. A jedes Denkmal müßt gleich an Ort und Stelle angefertigt werdn, — und wann ka Platz da is, dann solln sas bleibn lassn! Punktum!

Jessas, wann nur der Schwemminger endlich daherkäm!

BEETHOVEN

„Zwischen Lipp' und Kelchesrand schwebt der Tod", hat a großer deutscher Dichter amal gsagt, — i waß nimmer welcher, aber mit dem „Kelch" hat er sicher a Krügl gmant. Wie i auf so an Gedanken komm? Du lieber Himmel, ma kann ja net allerweil bei die Schrammeln sitzen und paschen!

Wies die Tag den Beethoven zum dritten Mal umbett habn, bin i halt auch mit a paar meinigen Bekannten außighatscht. Nach der Leichenfeierlichkeit, die wohl durch die häufige Wiederholung von ihrem ursprünglichen tragischen Charakter viel einbüßt und sich eigentlich mehr zu einer Jubiläumsfeierlichkeit zugspitzt hat, san mir in Simmering „Zum ewigen Leben" einigangen, nämlich ins Gasthaus, des so haßt, und san beim Wein a bisserl schwermütig wordn. Mir Wiener habn a patzwachs Herz und deswegen lassn mir bei so aner Feierlichkeit a jeden Diskurs über Politik oder Kommunales beiseiten.

Die Leichenfeierlichkeit war wirklich erhebend. Schad, daß der Beethoven net mehr am Leben is, der hätt a Freud habn können! Der Lewinsky vom Burgtheater hat a ergreifende Red ghaltn. I hätt net denkt, daß so a klans Mandl so schauerlich redn kann. Mi hat direkt a ordentliche Ganslhaut überlaufn! Freilich hab i nachträglich ghört, daß die schöne Red net von ihm, sondern von ganz an andern gschriebn war.

Ans hat mi aber unangenehm berührt. I hab mir die paar Zeilen gut gmerkt. „Wenn noch", hat der Lewinsky gsagt, „Sinn für Ganzheit in uns ist, in dieser zersplitterten Zeit, so laßt uns sammeln an diesem Grabe . . ." I greif in mein Sack nachm Portmonä, aber nachdem kaner was dergleichen tan hat, hab is wieder ruhig eingsteckt. Wär mir übrigens net drum gwesn, — der Beethoven war ja auch a Hausherr wie i, weil doch die ganze Beethoven-Gassn am Alsergrund sein Namen tragt! I gäbert schon als a Lebendiger was für die Armen her, wann i wüßt, daß nach mein Tod die Faßzieher-Gassn, in der i mei Haus stehn hab, in „Hartrlegel-Gassn" umtauft tät werdn.

Na, dann habn mir noch hübsch lang weiterbiberlt, — na ja, die Toten kann der Nüchternste nimmer zum Leben erwecken, und net nur die Doktoren und Apotheker wolln leben, sondern auch die Wirtshäuser.

Und wie i so in der richtigen Friedhofstimmung gwesn bin, da is er mir richtig abgangen, der Schwemminger.

FRÜHLINGSFEST

Meiner Seel! I gfreu mi schon wie a klans Kind aufs Frühlingsfest. So was hat die Welt noch net derlebt! Dermal wird sich wieder das edle Herz des Wieners bewähren, das sich noch bei kaner festlichen Wohltätigkeit verleugnet hat.

Die Wiener Fiaker — die Gemütlichsten im gemütlichen Wien — gehn natürlich wieder mitm besten Beispiel voraus und habn feierlich versprochn, daß sie an dem Jubeltag net mehr als fufzehn Guldn für a Praterfahrt verlangen und daß sie jeden niederschlagen werdn, der ihnen mehr zahln will.

Kruzidaxl! Der Schwemminger wird spitzen, wann er mei neues Blumen-Zeugl sehn wird, das mitsamt die Rössln mit lebendigem Holler und Teerosen aufputzt is. Mei Kutscher kriegt a Livree ganz aus Frauenblätter und Waldmaster mit echte Rosen- und Gorginenköpf — allers mei eigene Idee! Na, wenigstens wird dann die ewige Frotzlerei aufhörn, daß i nie zhabn bin, wann es sich um an großartigen Zweck handelt!

Und der Zweck is wirklich a großartiger! I waß zwar net, welchen Zweck des Fest hat, aber großartig muß er sein, sonst hättn sich net die „populären Spitzen des Lumpenball-Komitees neben die ersten Würdenträger des Reiches gesetzt", wie die „Vorstadt-Zeitung" so schön gsagt hat.

A Regen wär geradezu als nationalökumenische Katarrstrophen zu betrachten. Herentgegen, wanns schön bleibt, wird das In- und Ausland staunen. Bsonders die Berliner werdn sich giften, daß mir ihnen wieder amal über san.

Hoffentlich siehts a der Schwemminger!

MENSCHENEXPERIMENTE

Des muß i schon sagn, die Versuche an Menschen habn jetzt so viel Staub aufgwirbelt, daß mi des damisch zu interessiern anfangt. Obwohls ja für unserans, an bessern Menschn und Hausherrn, net so leicht is, in dera Gschicht a definitive Meinung zhabn, hab i doch ane. Die Tatsache, daß sie zu solchene Experimenter meistens eh nur die ordinärn Leut aussuchn, also die Bagasch, die ohne an Kreuzer Geld in die Spitäler umkugelt, könnt ja unserans verleiten, a unbedingter Anhänger von solchene Versuche zwerdn, weil davon die anständign Leut, also vor allem mir Hausherrn, nur profitiern könnten.

Seit i amal glesn hab, daß a ehemaliger Hausherr im Armenhaus gstorbn is, bin i a wengerl vorsichtiger wordn gegenüber den Forderungen der Wissenschaft. Net, daß i mir fürchtn tät, weil i wirtschaft ja unberufen so weit vernünftig, aber es wär ja schon traurig genug, wann sowas an andern Hausherrn passiern tät.

Im Grund is ja des gar net neu, daß mit uns Menschen die unterschiedlichsten Versuche unternommen werden. I bin selber seit meiner Jugend nix anders gwesn wie a beständiges Versuchsobjekt. Zuerst habn meine Eltern — Gott habs selig —, wie i noch a klaner Bua war, den Versuch angstellt, mir a höhere Bildung angedeihen zu lassen. Sie habn mich in die Schottenfelder Realschul gsteckt. Gewissenhaft wie i mein Lebtag war, hab i die erste Klass gleich dreimal gmacht. Dann hab i gfundn, daß i für an Hausherrnsohn vom Grund genug Bildung glernt hab. Und dabei is bliebn!

Kaum bin i großjährig wordn, da hat ma den Versuch gmacht, mich meiner Freiheit zu berauben und mich zu verheiraten! Der Versuch is beim ersten Versuch gelungen und es is nur guat, daß i bis heut nix an dem gelungenen Versuch zu bedauern hab, denn mei Alte is a guater Patsch.

Im Verlauf meines weiteren Lebens habn verschiedene politische Parteien den Versuch gmacht, mich in ihr Lager zu ziehen, bis mi der Herr von Pollak, der das größte Gwölb und die schönste Wohnung in mein Haus innehat, mit an kühnen erfolgreichen Versuch dauernd fürn Fortschritt und Freisinn gwonnen hat.

Daran kann der Schwemminger sehn, daß mir alle nur Versuchskaninchen san!

ATTRAKTIONEN

Des Karoussel in der Reitschul und die Ausstellung im Prater habn unser öffentliches Leben wieder a bissl aufgmischt!

I kann noch von Glück sagn, daß i zum Karoussel Billeter kriegt hab. Zufällig is mei Alte mit an Bereiter von die kaiserlichen Stallungen verwandt, der hat uns im letztn Augenblick noch um fünf Gulden an Stehplatz für mi und um fufzg Gulden an Sitzplatz für die Meinige verschafft. Des is zwar viel Geld, aber so was sieht ma in hundert Jahrn net wieder.

Ma is völlig blind wordn von der Pracht und dem Glanz, der bei dem mittelalterlichen Fest gherrscht hat. I hab allerweil glaubt, im Mittelalter wärs stockrabenfinster gwest, derweil sieht ma jetzt, daß es zur Zeit vom Kaiser Karl dem Zehnten a viel bessere Beleuchtung gebn hat, als wie unsere heutige Gasbeleuchtung. Ma kriegt a ganz a andere Ansicht von der Weltgschicht, wann ma des Karoussel gsehn hat.

So prachtvoll wie des Karoussel is zwar die Ausstellung in der Rotunde net, aber dafür is sie lustiger und kosten tuts fast gar nix. Wann ma a Los kauft, so hat ma freies Entrée und wann ma a Eintrittskartn kauft, so kriegt ma noch a Packl Malzkaffee als Draufgab.

Freilich, wann mas Geld ausgebn will, so is Gelegenheit genug dazua! Im internationalen Dorf gehts zu wie im ewign Lebn! Da steht a Wirtshaus an dem andern, so wies amal im Lerchenfeld ausgschaut hat. Und wann an die blonde Mizzerl im böhmischen Bauernhaus a Glasl Pils kredenzt, da soll der Teuxel widerstehn. Die resche Minna bei die „Grinzinger“ is a net ohne. Außerdem gibts noch a Menge fescher Losverkäuferinnen, daß ma zletzt alle Säck voll Ausstellungslos hat!

Wann mir nur der Schwemminger a paar abnehmen tät!

RINGKÄMPFE

Fix Laudon! Jetzt hat der übermütige Professer Doublier, der alle Welt herausgefordert hat, bei uns doch seinen Meister gefunden!

Nachdem er alle anderen Meisterkämpfer nach der Reih in den Sand gstreckt hat — sogar den Wiener Herkules Wetasa, der jetzt im Spital bei die „Barmherzigen" liegt — is er endlich an den Unrechten kommen, der ihm an Herrn zeigt hat.

Des war a Aufregung, wie der Franzos und unser Jagendorfer aufm Kampfplatz erschienen san! Davon werdn noch unsere Kinder und Kindeskinder reden. Neunzehn Minuten lang hat der Jagendorfer mit dem Doublier im römisch-griechischen Ringkampf grungen, bis endlich der Professer mit beiden Schultern aufm Boden glegen is. Des war a Jubel im Publikum!

A Herr mit an Operngucker, der neben mir gsessen is, hat vor Freud und Rührung gweint und zu mir gsagt: „Auf diesen Sieg können mir Österreicher stolz sein!"

Das is auch ganz was anders als a Sieg am Schlachtfeld. Bei dem heutigen Hinterladerkrieg gibts ka Tapferkeit mehr. Da kommts bloß mehr drauf an, welche Partei mehr Soldaten und bessere Gewehre hat. Aber bei so an römisch-griechischen Ringkampf, wo Mann gegen Mann steht, — da gilt bloß die Kraft und die persönliche Tapferkeit!

Kreuzmillion! Wann der Krieg ohne Waffen gführt werden tät, da hauerten mir die Preußen und die Franzosen nur so um die Erd!

Schad, daß des der Schwemminger net gsehn hat!

MENSA

Kruzineser, jetzt hab i schon die längste Zeit von der Mensis academica reden ghört und i hab mir natürlich denkt, daß des nur so a Art höhere Kneiperei sein kann, bei der uns mir Wiener Bürger a paarmal in der Wochn mit die akademischen Bürger zsammsetzen werdn, um das gegenseitige gute Einvernehmen zwischen uns zu festigen. I hab mir a schon vorgnommen, mi quasi als außerordentlicher Hörer an der Universität proforma inskribieren zlassn, — gegen bloßen Erlag der Kollegiengelder natürlich.

Und was is? Nix is! A gwöhnliche Auskocherei is des, mit Suppn, Fleisch, Zuspeis und an Trumm Brotweckn! Und mitm Wasser habn sie sich zutrunken! Wie soll da a erhabene Idee zum Durchbruch kommen?!

Und da habns eigens a Probeessen veranstalten müssen! Wissen denn die Herren Arranschöre net, daß bei an Studenten des Essen Nebensach is und a sein muß? A Probetrinken, des wär am Platz gwesn! Da hätten die Herren Studenten gwiß ihnern Mann gstellt!

Möglich, daß die Mensis academica, wo nur gessen und nix trunken wird, bloß zur Hebung des Kleingewerbes eingführt wordn is. Wann sich a Student recht anpampft hat, dann kriegt er natürlich erst recht sein Durst, wie a anderer, und die Wirtn machen zum Schluß doch noch ihr Gschäft.

Vielleicht sollt i mi alsdern doch — schon denen Wirten zlieb — inskribieren lassn. Am End könnt i dann als freiwilliger Universitätshörer mit der Zeit a noch a Diplom als Ehrendokter kriegn. Herr „Dokter" Hartriegel wär just net ohne!

Da tät er schaun, der Schwemminger!

LADENSCHLUSS

Kruzifix! Hab i mi vorigen Sonntag geärgert!

Nachm Essen wollt i a Zigarrl rauchen und schicks Dienstmadl um a lichte Trabucco. Sie bleibt a halbe Stund aus und kommt endlich mit der Nachricht, daß die Trafiken gschlossen sind wegen der „erweiterten Sonntagsruhe“. Was bleibt mir übrig, i muß mi anziehn und in Prater runterfahrn, wo ma noch Zigarren kriegt. In der Rotunden hab i mein Grant mit a paar Krügln Pilsner abegschwabt und bin gegen Abend pomali hamtorkelt.

Wie i zhaus komm, find i alles in der schrecklichsten Verwirrung, weils ka Licht ghabt habn. Beim Anzünden der Petroleumlampen is der Zylinder gsprungen, und weil alle Glaserer gsperrt waren, habens nirgends an neuen kriegen können. Jetzt hab i wolln um Kerzen schikken, aber im ganzen Bezirk war kane aufzutreiben, weil alle Kaufleut Sonntagsruh halten müssen! Voller Gift und Gall hab i mi niederglegt.

In der Nacht kriag i Zahnweh, will Mariahilfer Zahntropfen nehmen und erwisch in der Finsternis die Wanzentinktur, auf die i natürli grimmige Leibschmerzen kriegt hab. Und an allem is die „erweiterte Sonntagsruhe“ schuld!

Hab denn i a Sonntagsruh? I bin oft den ganzen Nachmittag Billard spielen, hernach a paar Stund Königsrufen und manchmal bis Mitternacht Kegelscheiben. Dann komm i so hundsmüd zhaus, daß i bis zehne am Vormittag schlaf.

I möcht nur wissen, obs in den andern Ländern a so a strenge Sonntagsfeier habn wie mir! Und nur, damit sich die Herrn Greißler beim Stanitzldrahn net zu stark anstrengen müssen!

I werd diesbezüglich den Schwemminger aufwiegeln!

ARTERIOSKLEROSE

Alles was recht is, i bin gwiß für den Fortschritt und für die Aufklärung, aber so manche von die gelehrten Herrn Professoren könnens mir stieren!

Kaum findet a inländischer von derer Spezies, daß a Mensch, der seine fünf Sinne beinand hat, noch lang net normal is, weil ihm dann nämlich noch allerweil der sechste abgeht, — da behauptet so a überseeischer Schriftgelehrter, daß a Mensch mit vierzig Jahr sein Zenit schon längst überschrittn hat und nix mehr Gscheites tuan kann! Ja, da kann sich aner, der gar sechzig wordn is, gleich aufhängen!

Ah, des is net schlecht! Nachher renn i schon zwanzig Jahr mit dem überschrittenen Zenit herum und steh knapp vorm Aufhängen! Das is ja zu dumm!

Der Herr von Pollak, der das größte Gwölb und die schönste Wohnung in mein Haus innehat, hat mir recht gebn und a Menge großer Männer aufzählt, die schon alle sechzig san und noch allerweil ihren Mann stellen! Nur wie i dummerweise mein Kren dazugebn hab und weil mir grad ka anderer eingfalln is, als wie unser Bürgermaster, da hat der Herr von Pollak a Schnoferl gmacht und deutlich zu erkennen geben, daß ihm nix dran liegert, wann grad der Lueger die Konsequenz von dera neuen wissenschaftlichen Theorie ziehen tät!

Das ändert aber nix dran, daß der Professer a Surm is, der seinerseits den Zenit schon längst überschritten hat!

Dagegen is der Schwemminger noch a heller Kopf!

TRINKWASSER

A Skandal! Wann i mi schon amal mitm Wasser befaß, dann muß was dran sein!

Is es net a wahre Schand für uns Wiener vor die Fremden, wann mir alle Jahr a paarmal aufgefordert werden: „Sparet mit dem Wasser!" und zu guter Letzt gar von die Zeitungen gwarnt werdn, gar ka Wasser mehr ztrinken.

Was muß sich da das gebildete Ausland von uns denken! Daß mir nix anders im Sinn habn als nur Wasser zu saufen! I dank für so a Meinung von der zivilisierten Welt und protestier hiermit öffentlich und feierlich, daß i für mei Person mit die öden Wasserverplämperer nix gemein hab!

Glaubt ma denn, daß ma des, was ma mit an hunderperzentigen Bieraufschlag verdorben hat, jetzt wieder gut machen kann, wann ma uns mit an Sanitätsparagraphen nachweist, daß das Hochquellwasser a gsunds Getränk is? Was mi betrifft, — i hab mein Schuster jedes Paar Stiefel zruckgebn, des net wasserdicht war, weil i a Wasser net amal im Stiefel vertragen kann!

I lamentier a nie über a Hühneraug, weil i zwar immer an feuchtn Magn, dafür aber nie an feuchtn Fuaß hab. Die Hühneraugen kommen nämlich von nix anderm her, als von der Nässe in die Füaß. Darum hat ma a früher die schädlichen Inkredenzen im Wasser ganz richtig auf deutsch Infussorien gnannt, Heut, natürlich, wo die Medizin auf an viel höheren Standpunkt steht, haßens Bazillen, Bakterien und waß der

Teuxl, was noch alles! I wett, daß des an und derselbe Pflanz is, nur in aner andern Farb. Da könnens die Hochquelln noch so mischkrokomisch analisiern wies wolln, i trink net amal an Fingerhut voll von dem Zeug!

Wann nur der Schwemminger käm!

EPIDEMIE

Nix als zfriedene und heitere Gsichter hat ma in die Gast- und Kaffeehäuser gsehn. Die allgemeine Fröhlichkeit hat sich sogar schon bis ins Parlament erstreckt, — auf amal, hast das net gsehn, kommen die Typhus-Bazillen nach Wien einergflogn!

Woher? — frag i! Die an sagn, net nur in Wien, in ganz Europa fliegens umadum. A Professer sagt, das Wasser is dran schuld, aber ganz bestimmt kann ers noch net behaupten. Und im „Extrablattl" find i statistisch nachgewiesn, daß Wien die gsündeste Stadt in Europa is. Wem soll ma da glauben?

Wanns Trinkwasser dran schuld is, dann sollns es so machen wie i. I trink halt kans! Da tät es sich zeigen, ob die Epidemie erloschen is, oder ob der Wirrwarr nur aus die Wasserleitungsröhren kommt. Natürlich, a Pilsner-Faßl tät a net anders ausschaun, wann mas zehn oder fufzehn Jahr net reinigen tät!

Fliegen aber die Typhus-Bazillen in ganz Europa herum, nachher müßt ma halt flüchten, etwa nach Vöslau oder Gutenstein. Wann aber Wien eh die gsündeste Stadt is, nachher is vielleicht der ganze Alarm nur a Börsenmanöver. Überhaupt, solang der Typhus no kane größern Lückn in die verschiedenen Bezirke einigrissen hat und eh nur nullkommavieradachtzg Personen erkrankt san, tuts es noch. Soll nur net ärger werdn!

I für mei Person bleib beim Pils. Sicher is sicher. I glaub a, daß des die richtige Therapie für a rationelle Hygiene is.

Da muß mir a der Schwemminger recht geben!

VERZOLLUNG

Seitdem die dicke Freundschaft zwischen mir und dem Schwemminger a klans Leck kriegt hat — mir kommen schon noch dann und wann alle Tag im Wirtshaus miteinander zsamm — hab i mirs abgwöhnt, den Schwemminger um sei Meinung zfragen. I hab mi aufd eigenen Hinterfüß gstellt — und siehe da: es geht a.

Was über die Linienwäll schon alles gredt, gschriebn und druckt wordn is, is so viel, daß die Akten schon selber an klan Wall bilden, auf dem a Finanzwachter auf und ab spazieren könnt. Gfuxt hat mi die Linienwall-Schlangen aber immer. I bin deswegen a net mehr zum „Steudl" nach Favoriten aussi — trotz allem Respekt vor seinem Bier und seiner Kuchl, weil der sich schon vor Jahren gar so ins Zeug glegt hat, daß die Linienwäll rasiert werdn solln. Glücklicherweise is bis dato nix draus wordn.

Die ehrwürdigen Linienwäll san schon zur Zeit der ersten Türkenbelagerung unter der Maria Theresia dagstanden und ohne sie wär Wien, trotz dem Kaffee vom Kolschitzky, net grett worden! Außerdem sans die anzigen Grenzpunkte, wo ma waß, wann ma aussitritt, daß ma für sei Geld noch a billigs Trumm Bratl und an billigen Tropfen vom echten Grebelten findt und ganz umasunst a frische und gsunde Luft schnappen kann! Die ehrwürdigen Mauern bereiten unsern genügsamen Hausfrauen sehr oft das klane, unschuldige, billige Vergnügen, an Hasen oder a paar Kilo Kalbsschlögl unterm Überwurf einazupraktizieren, ohne daß die Finanzwachter was gneissen.

Leben und leben lassen, — das is mei Prinzip —, und net dann wieder nachträglich in den Zeitungen raunzen, daß „wiederum ein Stück Alt-Wien verschwunden ist"!

Und schließlich — Kruzifixlaudonüberanand! — muß es doch a noch an Unterschied geben zwischen uns, was mir Hausherrn von Wien san, und de von die Vororte!

Meiner Seel, i hab mi jetzt so in Eifer hineingredt, daß i mir den Appetit verderbert, wann i da drüber nur noch a anziges Wort verlieren tät, — und mir habn heut mei Leibspeis, an Schöpsenschlögl mit Wurzelwerk, den mei Alte eigenhändig unterm Umhangtüchl bei der Lerchenfelderlinie . . . no, eh schon wissen!

I werd den Schwemminger . . . na, i werd mei Alte fragn, was sie über die Auflassung der Linienwäll denkt!

STUDIUM

Jessas na! Ma glaubt gar net, was an so a anziger Bua für a Kopfzerbrechen machen kann!

Jetzt is mei Schani vierzehn Jahr alt — die Volksschul hat er mit glänzendem Erfolg absolviert — jetzt haßts drüber nachdenken, was mit dem Hallodri weiter gschehn soll. Mei Alte will durchaus, daß er studieren soll, weil er an offenen Kopf hat und weils halt doch a Ehr für die ganze Familie wär, wann unser Sohn den Doktortitel kriegert. Des is alls recht schön, aber warum soll sich denn der arme Hascher mitm Lateinischen plagen — er hats ja, Gott sei Dank, net notwendig! Dann is es a noch a Frag, ob der Doktortitel in zehn Jahr noch an Wert habn wird, nachdem sogar die Frauenzimmer ins Gymnastikum gehn und studiern. Wie i neulich glesen hab, so is bereits a weibliche Dokterin auf der Klinik von an Professer als Valenteurarzt angstellt wordn. Wann des so fortschreitet, wird bald ka Weibsbild mehr kochen lernen, weil jede wenigstens a Lehrerin oder Postbeamtin wird werdn wolln. Dann bleibert nix anders über, als daß mir unsere Buam Wäschwaschn und Stricken lernen lassen.

Ah! Da les i grad, daß in Ödenburg a Kegelscheibn stattfindet, bei dem als erster Preis a Haus im Wert von vierzigtausend Guldn ausgsetzt is. Donnerwetter! Da kann aner auf fünf Schub a schöns Haus gwinna! Und da wird net amal darnach gfragt, ob er Lateinisch kann! Des bringt mi auf a Idee! Wie wärs denn, wann i mein Schani des Kegelscheibn lernen lassert?

Ob des a der Schwemminger tät?

HINRICHTUNG

So, Lisi, — da stell dich her! Das is der schönste Platz, — jetzt dauerts nimmer lang!

Um Gotteswillen, Weiberl, schau nur, daß dir net übel wird!

Halt! So gehts net, — da werdn mir in Graben einigstoßen!

Sie, Sie da! Was muß i Ihnen zahln, wanns mi mit der Meinigen auf des Faßl raufstellen lassen? An Gulden kann i a noch spendieren, so was sieht ma net alle Täg!

I hab eh schon an unsinnigen Grant auf das parlamentarische Ministerium ghabt, aber der heutige Tag söhnt mi wieder aus, — jetzt sieht ma doch, daß es in Österreich noch a Gerechtigkeit gibt.

Halt dich nur, Weiberl! Jetzt müssens gleich kommen! Wart, i laß dir a Stamperl „Arme-Sünder-Schnaps" geben, da wird dir gleich besser drauf.

Hallo! Dort is a Pawlatschen zsammbrochen! Weil die Leut auch gar so neugierig sind und überall dabei sein müssen!

Sapperment, jetzt gehts an! Nur recht schwer machen, daß mir net umgworfen werden!

Siehst ihn, Lisi? Na, wenn der pardoniert wordn wär! Dem sieht mas doch gleich an, daß er a Mörder is!

Hörst, — der Herr neben dir redt von die Nummern, die er auf den Raubersbuam in der Lotterie setzen wird, — dumms Volk! Merk dir aber die Nummer, Lisi, — sie könnten am End doch kommen!

Kreuzdonnerwetter! Mach dich net gar so schwer! Mir scheint, des Faßl bricht! Auweh, — zu Hilf!

Wann uns nur der Schwemminger wieder auf die Füß helfen tät!

MEDIZINISCHES

Da hat mi unlängst der Herr von Pollak, der des größte Gwölb und die schönste Wohnung in mein Haus innehat und bekanntlich a Fortschrittsmann vom Scheitel bis zur Zechn is, in die hygienische Ausstellung mitgnommen, wo grad a hochwissenschaftlicher Vortrag stattgfunden hat über das Kapitel: „Der Aberglaube in der Medizin". Im Anfang war i mit dem vortragenden Herrn Dokter ganz einverstanden, wie er nämlich gmeint hat, die anzige exakte Wissenschaft is die Mathematik, währenddem die Medizin das noch net von sich behaupten kann. Die Bescheidenheit von dem Mann, der selber zugibt, daß sei Gschäft net viel haßt, hat mi grührt.

Wie er aber auf amal anfangt und erklärt, außer die staatlich geprüften Heilkünstler hätt ka Mensch was zreden, weil ka Mensch sonst was davon versteht, da is mir mei Alte eingfalln, wies vor a paar Jahr amal ihren Finger bei der Kocherei so hergricht hat, daß er richtig brandig worden is. Kurz und gut, wie mir endlich zu an Dokter gangen san, war dem sei erstes, — den Finger abnehmen zu lassen, weils ka andere Hilf mehr geben tät.

Mei arme Alte rennt natürlich platzert herum und hat aller Welt derbarmt. Da begegnet ihr zum Glück die Hausmasterin vom Elferhaus. Die schaut sich den Finger an, schmunzelt a wengerl und gibt meiner Alten a Salbn. Was soll i weiter viel reden, — nach vierzehn Tag war der Finger ausgheilt, und weils zufällig der Zeigefinger war, so kann mei Alte damit heut noch auf den Dokter zagn, der ihn hat abnehmen wolln!

Na, alsdann! I sag ja nix gegen die Wissenschaft, damits net haßt, i hab was gsagt.

Der Schwemminger wissert sicher was dazu zum Sagen!

FESTBANKETT

San mir a Nation! Jetzt soll mir nochmal aner kommen und sagen, daß mir Wiener ka Nation san!

Ah, das Bier . . . und hernach diese Reden! Das findt ma in der ganzen Welt net . . . Himmelsapperment, da is ja stockfinster! Durch Wahrheit zum Licht . . . mir scheint, i bin gar nimmer in der Hauptallee! Durch Licht zur Wahrheit . . . jetzt kenn i mi gar nimmer aus.

Jö, dort steht a deutscher Bruder, der muß mir den Weg zeigen! Gelt, es gibt halt doch nur a Kaiserstadt? Der Bruder gibt mir net amal a Antwort! Mir scheint, dem hats die Red verschlagn! Sternelement, — des is ja gar ka deutscher Bruder, des is ja a Laternenpfeiler!

Durch Einheit zur Einigkeit . . . Heilige Dreifaltigkeit! Jetzt bin i in an Sumpf geraten! Dort san schon die Irrlichter . . . oder sinds bloß die Lichter vom „Weißen Hirschen"? Durch Freiheit zum Licht, durch Licht zum „Weißen Hirschen"!

I waß net, mir wird schon ganz entrisch! Ma begegnet kan Menschen mehr. Mir wolln sein ein einig Volk von Brüdern . . . ah, mir scheint, dort kommt a Polizeipatroll! Kein Deutschland ohne Österreich! Ui, des san a paar Böhm, die können mir a ka Auskunft gebn. Deutsche Kultur, deutsche Bildung, deutsches Wissen, deutsche Sitte . . . aber nur ka Wasser net!

Ah, jetzt leg i mi da nieder . . . ein freier deutscher Mann schläft unter freiem deutschen Himmel! In zwa Stund is es ohnehin licht . . . durch Licht wieder zur Freiheit . . . da find i nachher schon den Weg zum Praterstern. Durch Licht zur Klarheit . . . aber a Krügerl trinkert i schon noch gern.

Wann nur der Schwemminger bei mir wär!

ANTHROPOLOGENKONGRESS

Wer kann mir sagen, was der anthropomologische Kongreß eigentlich is und was er in Wien will? In Klosterneuburg habn mir a frenologisch-pomologische Anstalt, die sich mit der Vertilgung der Reblaus befaßt. Vielleicht befaßt sich also der anthropomologische Kongreß mit der Vertilgung der Menschheit!

Mei Jüngster, der in die vierte Latein kommt und die alten Römer und Griechen im klan Finger hat, hat mir nämlich die Ableitung von dem Wort „Anthropos" erklärt. Es soll „Mensch" heißen, sodaß es nachher schon stimmen könnt, wann, anstatt daß a Weltkrieg arranschiert wird, um die sich überhäufende Menschheit weniger zu machen, a eigener friedlicher Verein von Professorn und Doktorn zsammtritt, die die Aufgab habn, die Menschheit zu vertilgen.

Aber na! Des kann net sein, denn unter den Mitgliedern befinden sich meistens Urgeschichtsforscher und Schädellehrer. Die Urgeschichtsforscher werden halt — so denk i mir — nach verstorbenen Urwienern forschen, und die Schädellehrer machen dann ihnere Messungen an die ausgrabenen Schädeln, wie etwa beim gottseligen Haydn.

Daß die Herrn Anthropomologen just nach Wien kommen san, hat ebenfalls seine Erklärung darin, weil jeder Mensch bereits aus der Zeitung waß, daß mir, wie ka zweite Stadt aufm ganzen

Kontinent, nach an Fremden fiebern wie der Teufel auf a arme Seel.

Unser Gemeinderat laßt sich a net spottn und wird zum Empfang sicher a paar Schampusflaschen spendiern.

Wann des der Schwemminger wüßt!

HUNGERKUNST

Schau! Schau! Jetzt hats der Hungerkünstler erst kan zrecht gmacht! Am Anfang sans hingrennt und habn ihn bewundert und mit Geld überschütt, und jetzt schimpfens über ihn, weil er heimlich Beafsteak und Eier gessen hat. Des hat sich ja a jeder vernünftige Mensch denken können, daß des der Stärkste net aushalt, a ganzes Monat lang nix essen!

Gottseidank! I war der Anzige unter meine Bekannten, der sich net zum Narren hat halten lassen. I hab gleich den Braten grochen, der erst hinterher an die Öffentlichkeit kommen is! A Zeitung hat zwar gschriebn, daß des bewußte Beafsteak a „Entn" gwest sein soll, aber das is am End toute-même-chose, ob der Hungerkünstler vom Beafsteak oder von aner Entn glebt hat. Tatsache is, daß er ganz Wien wochenlang zum Besten ghalten hat, und daß ihm die Gelehrten grad so aufgsessen san wie die Ungelehrten.

Vor lauter Reden über die Hungerkunst hab i jetzt selber an Mordshunger kriegt!

Wo nur der Schwemminger bleibt!

ZEITUNGSLÜGE

Himmelherrgott! Bin i vorigen Sonntag erschrockn, wie i in meiner Zeitung, im „Extrablattl", les, daß a Mariahilfer Kaufmann das Café Gabesam kauft hat und nun das alte Stück Wien in a modernes Siebenundzwanzigkreuzer-Warenhaus umwandeln will. I renn atemlos zum Gabesam, wo i dann hör, daß an dem ganzen Gerücht ka Sterbenswörtl wahr is!

Wie ma nur so böswillig sein kann, so was Niederträchtigs auszsprengen! Wanns meinetwegen gschrieben hättn, der deutsche Kaiser hat sich erschossen, oder zwa Millionen Russen san in Galizien einmarschiert, — i wär net so erschrokken wie über die Nachricht, daß des Kaffeehaus demoliert werden soll.

Es wär a ka Wunder gwesen, wann mi in dem Moment, wo i die Schreckensgschicht glesn hab, der Nervenschlag troffen hätt! Was hätt i dann davon, wann das „Extrablattl" nach meiner Leich die Berichtigung bringt, daß alles erstunkn und erlogn is?

I möcht nur wissn, ob ma so an redaktionellen Lugenschippl net wegen Beunruhigung der öffentlichen Meinung oder wegen mutwilliger Gefährdung des Lebens und der Gesundheit steuerzahlender Bürger verklagn und einsperrn lassen kann!

Na warts, des werd i dem Schwemminger erzähln!

FASCHINGSBÄLLE

In der Faschingszeit werdn alle narrisch! Bruder Leichtsinn regiert und manche Leut vergessn sich soweit, daß sie auf Bälle und Unterhaltungen gehn, dort das liebe Geld ausseschmeissen und nachher den Zins, der an jeden Kulturmenschen des Heiligste sein sollt, schuldig bleiben!

Mir is sowas, unberufen, zwar noch net passiert, weil mir so a pflichtvergessene Bagasch gar net in mei Haus einerkommt, aber traurig genug, daß sowas überhaupt vorkommt, ohne daß der Staat da mit die schärfsten Maßregeln dreinfahrt und gegen die Schuldtragenden mit unerbittlicher Strenge vorgeht!

Für an Hausherrn is ja der Fasching eh a schwere Zeit. Er sollt doch a wengerl repräsentieren, muß sich aber doch erst a jede Gsellschaft genauer anschaun, obs net gmischt is.

Die Bürgerbälle, die in der freisinnigen Ära der Rendezvous-Platz des fortschrittlichen Bürgertums waren, san in alle Bezirk total durchseucht. An ihre Stell is noch ka vollwertiger Ersatz tretn.

Der Herr von Pollak, der das größte Gwölb und die schönste Wohnung in mein Haus innehat, hat mi unlängst ausfratscheln wolln, was i denn im Fasching für große Bälle besuchn werd. I hab frei gsagt, daß des a sehr heikle Gschicht für mi is. „Über die wilden Jahre bin i hinaus", hab i gmeint, „i flieg auf kan Tanz und kan Pflanz mehr, i möcht a paar Stunden in aner vornehmen und feinen Gsellschaft zubringen, wo guter Ton und Takt und Sitte und Anstand herrschn, wo ma sich an edlen Erscheinungen und nobler Regung und Bewegung erfreuen kann, — aber leider, leider, — zu so an Ballfest, wo ma des

alles beinander findt, komm i ja net, weil i in die auserwählten Kreise zu wenig Verbindungen hab".

„Nu", hat der Herr von Pollak gsagt und mir auf die Achsel gklopft, „ich könnt Ihnen verschaffen an Zutritt zu so an nobelichen Ball, aber wann sie dort nix spielen Tarock und ausschenken a Pilsner, nachher haßen Sie mich an krummen Hund!"

Wie ma nur so verkannt werdn kann! Des muß i dem Schwemminger erzähln!

AFFENSPRACHE

Des muß i schon sagen, was i da unlängst in der Zeitung glesen hab, von dem Professer, der sich schon die längste Zeit damit befaßt, die Affensprach zu erlernen, und sich zu dem Zweck, daß er sich in Affenkreisen entsprechend benehmen kann, eigens direkt in den Urwald zogn is, — das hat mir damisch imponiert!

Wann das der nimmer rastende Menschengeist noch erreichn tät, daß ma sich mit die unterschiedlichen Affen verständigen könnt, nachher wär ja der Gipfel der Kultur erreicht, — denn das is ja allerweil das zwidere, daß so a Aff net mich sich redn laßt.

Übrigens, i bin ka Professer und hab trotzdem schon amal mit an Affen gredt. Damals, wie i für die Kandidatenliste von die fortschrittlichen Bezirksrät drei bis vier Wochen lang die Red für die Wählerversammlung eintrainiert hab, is mir das unfreiwillig gelungen. Wie der Tag für mei Red kommen is, hab i halt a wengerl a Lampenfieber kriegt. Na ja, da hab i mir a Kurasch antrinken wolln, und aus dieser löblichn Absicht is zuerst a klaner Schwips und dann a schöner „Aff" draus wordn. Und mit dem „Affen" hab i dann gredt. Da hab i einsehn müssen, wie schwer das is, mit an Affen zreden.

Drum bring i dem Herrn Professer die größte Sympathie und den höchsten Respekt entgegen! Ob der Schwemminger a schon mit an Affen gredt hat?

HERINGSCHMAUS

Is des a Gedränge! Des is noch ärger als vorgestern im Reichsrat! Und die Massen von Delikatessen, Seefischen, Austern und Trüffelwürsten, — mir Wiener verstehns halt, „die Eigentümlichkeiten und speziellen Bedürfnisse zur vollsten Geltung zu bringen". I glaub, wanns die Befriedigung der Nationalitäten dem Sacher überlassen tätn, der brächts viel gschwinder zsamm als wie die Minister.

He, Kellner! Gebens mir den delikaten Stockfisch rüber! Na, was gibts denn da zu lachn? Wann ma heutzutag von an Stockfisch redt, so glauben die Leut gleich, ma macht a politsche Anspielung.

Hendln und Hasenrücken habn mir gestern und vorgestern gnug vertilgt, heut is Aschermittwoch, heut halten mir uns an die Fastenspeisen, um die kirchlichen Fragen „einer allseitig gerechten Lösung zuzuführen".

Das sollns uns nachmachn, das Leben und die Gemütlichkeit! Mir lassn halt trotz Krieg und Reaktion und Überschwemmung noch allerweil ka Traurigkeit spürn!

Was is denn dort wieder für a Spektakel los? Hoch! Vivat hoch! Sapperment, des geht net! „Hoch" schreien und kan Tropfen Bier dazu. Kreuzdonnerwetter, wann krieg i denn mei Bier?! Was sagt der kecke Schnipser von an Kellner? I soll ihm „die hiezu nötige Frist gönnen"? Der

Dummian redt ja als wann er ein Ministerpräsident wär!

Ah, bravo! Jetzt kommts Bier! Stellns des zweite gleich auf die Seitn, mir wolln den „einseitigen Parteistandpunkt" aufgebn und eine „wahrhaft österreichische Politik" zu unserem „Programm" machen!

Was is den schon wieder los? Ah, das is der Schwemminger, der hat einen „Amnestierten" aufgstöbert. Jetzt bringens gar auf den verwegenen Kerl a „Hoch" aus! Na, macht nix, ma kann jetzt gar net wissen, wer noch Minister wird! Hoch! Vivat die Minister und die Kriminaldemograten!

Kreuzdonnerwetter! Jetzt hat mir aner mei zweits Krügl austrunken! Ma siehts, daß mir schon mitten im Kommunismus drin san!

I gib kan Ton mehr von mir, bevor net der Schwemminger oder a frisches Bier kommt!

KÄLTEFERIEN

Wie i noch in die Schul gangen bin warn des noch ganz andere Zeiten!

Damals san mir noch net in Watte eingwickelt wordn, — und glernt habn mir doch was, denn i bin, wann i mi a net besonders angstrengt hab, trotzdem a wohlsituierter Hausherr und Wiener Bürger wordn; wann i a mei Vermögen von mein gottseligen Herrn Vatern her hab, ders ja übrigens a net auf der Gassn gfunden hat und in der Schul a net verwöhnt wordn is!

Wann damals aner von uns Buam an Schnupfn kriagt hat und die andern in der Bank wirklich oder bloß aus Hetz mitgniest habn, dann san net gleich die Schuln gsperrt wordn, sondern der Herr Lehrer hat uns die Nies-Epidemie mit an Schlag, nämlich mit sein Röhrl, austriebn, oder er hat uns durch a paar Schopfbeutler des Hirnkastl wieder auf gleich bracht. Und guat wars, a Ruh habn mir geben!

Heutigentags is alles ganz anders. Da habens jetzt den Bazillus eingführt und anstatt daß ma so an verhätschelten Rangen übers Knie legert, wird er wegen jedem Nieser gleich ins Bett glegt.

Amal wollten mir, i und noch zwa andere Buam, schulstagln. Es hat damals a damische Kältn geben. I komm also kurz nach achte in der Früh wieder ham und sag mein Vatern, daß in der Nacht die Schulfenster alle vor Kälte zsprungen san und uns der Herr Lehrer für den Tag Kälteferien gebn hat, bis der Glaserer die Fenster wieder eingschnitten hat. Mei seliger Vater, net faul, geht in die Schul nachfragn, kommt auf den Pflanz drauf, — na , redn mir nix drüber! Des Staberl, mit dem i damals bedient wordn bin, hat nachher so zerfranst ausgschaut wie a auszuzlter Spargel.

Aber deswegen is a was aus mir wordn! Und a aus dem Schwemminger!

VERSAMMLUNG

Bum! Des laß i mir gfalln! A Mann wie der Schöffel, der is schon sei Geld wert! Bravo! I hab zwar net ghört, was er jetzt gsagt hat, aber der Schwemminger sagt, was der Schöffel sagt, kann ma alles unterschreiben, — und morgen les ma ja eh alles im Blattl.

Wann i nur a frisches Krügl Bier hätt! Es is grad, als wann is auf an haßen Stein aufschütten tät.

Jessas, der Wiesmüller vom Neubau redt jetzt! Na, da muß i doch gleich wieder aufn Sessel auffisteign. Wann nur die Sesseln net so wackln täten! „Die Moral steht net auf der Tagesordnung . . .", sagt der Wiesmüller. Na so a Glumpert von an Sessel! Jetzt schreit der Wiesmüller. Jedes Wort is a Böllerschuß! Was redt er von an Wepsennest? Wespennest sagt ma? Na ja, Se san halt a Ausländer. I und der Wiesmüller, mir sagn aber Wepsennest. No scheniern werdn mir uns!

Bravo, Wiesmüller! Die Moral muß auf die Tagesordnung kommen! Nur gschwind a frisches Krügl Bier! Herr Wiesmüller, Se habn gredt wia a Hergott! Jetzt, da schauns her, jetzt habns mir mei Bier austrunken! Gengans no amal auffi, Herr Wiesmüller, und sagns noch amal, daß die Moral net auf der Tagesordnung is! Se wolln nimmer, weils an Durst habn? Das kann i begreifen. Das wichtigste, was a Volksredner haben muß, is a Durst! Zwa Krügl für mi und fürn Herrn Wiesmüller, damit die Moral wieder auf die Tagesordnung kommt!

Was sagt der nächste Redner? Zu wenig Bildung habn mir, und mir solln unsern Kindern mehr lernen lassen, als mir selber glernt habn, denn die Dummheit, sagt er, is leider die siebente Großmacht?! Steigns noch amal auffi, Herr Wiesmüller, und sagens, daß die Moral auf die Tagesordnung . . . Himmelkreuzelemnt . . . wann nur der Schwemminger da wär!

VIVISEKTION

Es is wirklich himmelschreiend, wies die armen Hunderln malträtieren!

Da les i im „Extrablattl", wie a paar Doktors im Krankenhaus mit die armen Hund umgehn, daß Gott erbarm! Es is für die Wissenschaft, sagens. Was die Leut für an Pflanz mit dera Wissenschaft machn! Was habns denn nur davon? Daß so a Hunderl schreit und lamentiert, des könnens so a wissen! Im Grund is es halt nix als Bosheit und Tierquälerei. Wann mans nur einsperrn könnt, die Schinder!

Was wollts denn? Warum lachts mi denn aus? I hätt mi wieder einmal blamiert? Daß i a guates Herz hab, — is des a Schand? Hab i net immer gsagt, daß die Vieh . . ., die Viehsekkiererei . . ., die Viehviehsektierung notwendig is? A so a Operation kann ja net gelingen, wann mas net vorher an die Hunderln probiert hätt!

Hoch der Herr von Billroth!

I schick mein Dackel a auf die Klinik, — er wird eh schon alt und bissig.

Fixlaudon! Wo nur der Schwemminger heut bleibt!

WAHLRECHT

Mordelement! Jetzt rennens mir die Tür ein und bestürmen mi von allen Seiten, daß i zur Wahl schreiten soll! Was geht denn des mi an?

Wann meinetwegen der Schwemminger mit an feschen Fiaker kommert und mir gleich a ausgfüllts Stimmzettl mitbringert, daß i die Gelegenheit benutzen tät, umsonst spazieren zfahrn! Da is ja nix Unrechts dabei. I begreif nur net, warum sogar a Hausherr sei Wahlrecht persönlich ausüben muß? I könnt ja ebenso gut mein Hausmaster zur Wahlurne schicken, wann des erlaubt wär. Denn wer sagt denn, daß die persönliche Ausübung net mit Beschwerlichkeiten verbunden is!

Da habens mir an ganzen Schippel Wahlaufrufe zugschickt, die alle über an Last gschlagn san. Allerweil die alte Leier: „Wählt ehrliche und anständige Männer, keine Skandalmacher!" Das is sehr schön gsagt, wann man nur wüßt, welche die Anständigen und welche die Skandalmacher san! Die Hinauswerfer oder die Hinausgeworfenen? Werfen die Anständigen die Unanständigen hinaus, weils Skandal machen? Oder werden die Anständigen hinausgworfen, damit die Skandalmacher a Hetz habn? Des is mir net recht klar.

Wann mir des nur der Schwemminger erklärn könnt!

ENTWICKLUNGSHILFE

Seitdems den afrikanischen Sklavenhandel aufdeckt habn, laßts mir beim Kartenspieln ka Ruh mehr, — wann i so an Pick-Buam erwisch, is mir allerweil, als ob i a verhungertes Sklavenkind unter der Hand hätt!

Es is der reine Skandal, daß sowas heut noch vorkommen kann! Wann die Polynesen drüben in dem stieren Weltteil das Menschenfleisch nachm Gwicht abbraten, — na, da können mir nix machen. Aber in der Nachbarschaft, in Afrika, wohin ma jetzt mit dem orientalischen Expreßzug und an Schinakl kommen kann, derfn doch die schwarzen Manderln net wie die Knackwürst verkauft werdn! Und des in an Zeitpunkt der Aufklärung, wo mir bei uns die höchsten Freiheiten haben. Gleich wär bei uns a Bahöll los, wann wer nur sei Stimm samt Stimmzettel verkaufen tät! Und erst a Mensch als a ganzer.

Wann die vereinigten Armeen net gegen die schwarzen Fleischhandler aufmarschiern und denen ordentlich an Herrn zeign, nachher pfeif i aufs neue Wehrgesetz!

„Liebe deinen Nächsten“ hat der Pater Schopfbeutler im Sieveringer Sing-Verein gsagt, und der afrikanische Sklav is uns jetzt der Nächste. Die anderen Fragen, die sozialen und nazionalen, werden da schon a Einsehen habn und derweil a wengerl wartn können. Was jetzt a honetter Staatsbürger is, der ziagt seine fufzig

Kreuzer ausm Sack und laßt sich a Diplom als Mitglied vom Sieveringer Sing-Verein ausstellen. Mit dem Erlös werdens dann nächstens a Konzert in schwarzen Kostümen gebn!

I für mein Teil werd beim Kartenspieln einführn, daß mir für die Sklaven einzahln. Wann einer an angsagten Ultimo verliert, dann is des wenigstens für an wohltätigen Zweck gschehn.

Und damit des für alle Kaffeehäuser a Gesetz wird, muß i dafür unbedingt den Schwemminger einspannen!

WELTAUSSTELLUNG

Na, endlich bin i herin! Es war doch a guate Idee von mir, daß i bei der Aspernbruckn ausm Fiaker ausgstiegn bin und mei Alte mit die Kinder allan zrucklassn hab, — sonst tät i noch allerweil in der Jägerzeiln stehn.

Jetzt muß i erst auf mei Eintrittskartn schaun, damit i auf mein Platz find. Himmellaudon! Was les i da: „Die Herren erscheinen in Uniform mit den Bändern über dieselbe". Am End lassns mi net rein, weil i ka Uniform und kane Orden hab! „Alle nicht zum Geleite ihrer Majestäten ausdrücklich berufenen Personen verbleiben auf ihren Plätzen, bis ihre Majestäten den Rundgang beendet und sich in den Kaiser-Pavillon zurückzuziehen geruht haben". Jetzt geht die Uhr recht in Österreich! Da kann i vielleicht bis um fünfe Nachmittag auf an Platzerl hocken bleibn! Aha, die Karten vorzeigen! Sie, Herr Ausstellungskommissär, i bin der Herr von Hartriegel, mei Frau mit die Kinder kommt im Fiaker nach. Schauns, daß die an guaten Platz kriegn, auf a Trinkgeld kommts dem Hause Hartriegel net an. — „Yes" hat er gsagt. Er hat mi wahrscheinlich für an Engländer angschaut.

A la bonheur, des is wirklich großartig! Und pünktlich am 1. Mai san mir fertigwordn. Die Massa Kisten, die ma da sieht, — so viele Kisten habns gwiß in Paris und London net aufgstellt ghabt!

Ah, des is die Rotunden! Hoffentlich fallts net justament heut zsamm. I werd schaun, daß i zu aner dickn Säuln komm, damit net des ganze Gwicht auf mi fallt.

Kruzitürken! Jetzt is es halberzwölfe und i sitz schon zwa volle Stund da ohne an Tropfen Bier! Mei Alte is a noch nirgends in Sicht, — die steht vielleicht allerweil noch bei der Aspernbruckn. Aha! Jetzt gehts los! Sie fangen schon zum Vivat-Schrein an. Wanns nur net so stark mit die Hüt wachln tätn, ma kann ja gar nix von den allerhöchsten Herrschaften sehn! I hab ja net 25 Gulden zahlt, damit i nur Frackärmeln und Zylinder seh.

Hoch! Vivat! Hoch! Auweh! Meine Hühneraugen!

Schön, wunderschön! Diese Massa Uniformen und Ordenssterne! Besonders die hochroten Engländer nehmen sich pickfein aus. Das Fest hat überhaupt an militärischen Anstrich. Is auch ganz in Ordnung. Die Gschicht möcht schön fad ausschaun, wann die militärischen Federbuschen und Goldborten fehlerten und bloß lauter Zivilisten in Winterröck und Frack da wärn.

Da schau! Der deutsche Kronprinz! Ma sollt gar net glaubn, daß es in dem armseligen Preußen so stattliche Männer gibt.

Aha, dort watschelts daher, mei Lisi! Die habns erst jetzt einerlassn. Komm, Lisi, kehr nur gleich wieder um, jetzt gehn mir in den Pilsner Bierpavillon, i halts nimmer aus vor lauter Durscht.

Kommts, Kinder, mir müssen uns tummeln, — heut kanns passieren, daß des Pilsner ausgeht! Es wär ja das Fest mißlungen, wanns anders wär. He, Kellner, lassns gleich fünf Krügeln da, — die Kinder solln auch wissen, daß sie bei dem großartigsten Fest san, seitdem die Welt steht!

Trink nur, Pepi! I bitt di, Lisi, red mir nix drein! Mir brauchn uns ja heut nix anzschaun von die Ausstellungssachen. Heut is ka Schand, wann ma net wißbegierig is. Was glaubst, warum sonst so viel Leut da wärn?

I bitt di, sei still, Lisi, sonst halt die noch aner für a neuerfundene Mühle oder was und tragt di in die Maschinenhalle, weilst grad so schön in Gang bist!

So, Kinder, jetzt gehn ma zum Männergesangsverein, dort treff ma sicher den Schwemminger. Mach net gleich wieder so a Plarament, Lisi, weil i dir a bissl aufs Klad tretn bin! I hab dir übrigens gsagt, wann ma bei uns wo zu an großen öffentlichen Fest geht, immer des schlechteste Gwand anziehn, des is a alte Geign! Kinder, steigts nur eine in die Wiesn, heut is a Volksfest! Derfts euch a paar Bleamln abreißen, — die san schon zahlt! Was sagst, Lisi? Des wär ka Volksfest net? Na, was willst denn nachher noch? Hast net gnug mit der Militärmusi und der elektrischen Beleuchtung? Willst vielleicht, daß die Leut bamkraxln solln? Wärst daham bliebn, wanns dir net gfallt, — fade Zezn, fade!

Es is a Schand vor die Kinder, daß ma sich so ordinär ausdruckn muß!

Schauts, Kinder, des reinste Siegesfest! Jetzt habn mir der Welt den Herrn zagt. I bin ganz selig, — da is ja schöner als wie im Wurschtelprater!

Wann i jetzt nur den Schwemminger treffn tät!

DEMONSTRATION

Aufm Exerzierplatz solln schon dreihunderttausend Mann Arbeiter stehn, — das Militär is ausgruckt, — bei die kaiserlichen Stallungen san Kanonen aufpflanzt, — o du mein Gott, mir san mitten im Achtundvierzigerjahr drin!

Mir wird schon ganz entrisch! Die Leut auf der Gassn, des san lauter fremde Elementer! Da hat gwiß jeder a paar Revolver im Sack! Wenn nur kaner hereinschießt!

Du, Lisi, sag dem Hausknecht, der soll die Fenster mit Matratzen und Bettgwand verstopfen, — und geh ins Kaffeehaus runter und frag, wann der nächste Zug nach Graz geht!

I begreif nur net, warums mit die Demonstranten so viel Gschichten machen! Sie solln die Radelführer herausfangen und jedem fünfundzwanzig herunterhaun, daß ihnen der Übermut vergeht!

Donnerwetter, mir scheint, des Schießen kommt immer näher!

Lisi, der Andreas soll a großes Plakat schreiben: „Heilig ist das Eigentum!" und ans Haustor anpicken! Und laß des Silbergschirr in Keller runtertragen, — jetzt is es zur Flucht a schon zu spät!

Peperl, bring des rote Bettzeug ausm Schlafzimmer und die Vorhangstangen, und machts schnell a rote Fahne draus! Gebts ihnen alles, was sie verlangen: Brot, Fleisch, Gwand! Nur kan Widerstand leisten, denn der reizt noch mehr; dann is ihnen Mord, Notzucht und nix mehr heilig! Schreits nur recht laut: „Hoch die monarchische Republik!“

Oh Gott, wann nur der Schwemminger käm!

Was sagst, Lisi? Der Schwemminger steht unten? Was schreit er zum Fenster herauf? I soll mi net fürchten? Ah so, es san nur die Salven gwest, die das Militär abgebn hat während der Verlesung der Thronrede?! Schrei hinunter, Lisi, a Furcht gibts bei mir net! I laß mi doch vom Schwemminger net auslachn!

KONFRONTATIONEN

Kruzineser, nutzts denn was, wann über a Sach noch so viel zsammgschriebn wird? Na!

Da hat die Frau Baronin Suttner a ganzes Buch gschrieben: „Die Waffen nieder!" Vielleicht is es net viel wert, weil i habs net glesen. Und trotz dem Buch hört ma immer wieder was von an Duell! Freilich kommen die Dueller meistens alle aus Ungarn, was mit dem zsammhängt, daß des Buch von der Frau Baronin bis dato noch net ins Translateinische übersetzt wordn is.

I für mei Person bin ka prinzipieller Gegner von den Duellen. Oft komm i ja selber in die Situation, daß i mit mein besten Spezi an Ehrenhandel auszfechtn hab. Erst unlängst mit so an Malefiz-Kibitz. Greift der mir ungeniert immer wieder in die Kartn! Na schmier i ihm ans über die Finger. Drauf gibt a Wort des andere, und weil i in dem Wortduell der Stärkere war, hat er mi beim Bezirksgericht verzünden wolln.

„Waßt was, Pimpfinger", hab i ihm den Vorschlag gmacht, „mir duellieren uns lieber. Mir lassen uns an Hektoliter Pils anschlagn, und wer als erster kampfunfähig wird, der zahlt die hundert Liter, und mir san alle zwa rehabilitiert!"

Unsere Sekundanten warn einverstanden, haben uns aber nur dann für satisfikationsfähig erklärt, wanns mittrinken können. Des is angenommen wordn.

Das Duell hat um achte am Abend angfangen und um ans nach Mitternacht san mir alle fünfe unterm Tisch glegen. Weil aber das Duell unter solchen Umständen eigentlich unentschieden war, habn mir den Hektoliter nach einigem Streiten zu gleichen Teilen bezahlt, worauf uns der Wirt beide für die höchsten Ehrenmänner erklärt hat, dies gibt.

Nur mei Alte zhaus, die hat mi am andern Tag was gheißen, — aber die is ja net satisfikationsfähig!

Des kann mir der Schwemminger sicher bestätigen!

HITZEWELLE

I begreif die Wiener net! Jetzt, wo mir aufm Punkt stehn, Groß-Wiener zu werden und quasi so auftreten sollten, als ob ma der ganzen Welt sagen wollten: „Ihr könnts uns alle das net nachmachen!" — jetzt schleichens tramhapert umanand, als ob ihnen die Hendeln das Brot weggfressn hättn. Und warum? Weils a paar Tag a bissl haß is!

Da san mir aus der alten Schul ganz andere Kampeln. Mir san noch ganz anders abgehärtet, sowohl gegen die Hitz als gegen die Kältn.

Woher kommt die Verweichlichung der heutigen Welt? Hauptsächlich von der sogenannten Neuschul. Früher war der Jahresregent in der Schul das spanische Röhrl. Is aner eingschlafn oder hat er zum Schwitzn angfangn, — schwups! — hat ma ihm die Faulheit mitm Staberl austriebn.

A zweiter Grund für die zunehmende Verweichlichung is des Rasen. Und dem wird neuerdings durch den billigen Zonentarif vom Staat auch noch Vorschub gleistet. War zu meiner Zeit schon die Epidemie, daß a jede Hausmasterische im Sommer a paar Wochen aufs Land gangen is, so wird heut mit die Vorder- und Hinterbrühler, mit die Ostender und Helgoländer nur so umadumgschmissn als wie früher mit die Paradeisgartln und mitm Krottenbach. Die andern, die in Wien zruckbleibn müssen, die reden sich dann aus lauter Gift und Neid selber ein, daß es in Wien nimmer zum Aushalten is!

Freilich, wahr is es schon, daß einem die Hitz was kostet. Wer sich aber die nötige Abkühlung bei dieser Berserkerglut net durchs Pils zu verschaffen in der Lage is, dem kann ma nur raten: „Gengans baden!"

Püh! Jetzt hab i mi so in die Hitz einigredt, daß mir selber ganz haß wordn is! Des is aber auch a Temperatur, daß i schon wirklich glaub, was mir a meiniger Bekannter erzählt hat, daß er sich beim letzten Brieftaubenflug des Maul hat zuhaltn müssen, sonst wärn ihm die Tauberln als a bratener einigflogn!

Wär nur neugierig, ob dem Schwemminger genau so haß is wie mir!

EISENBAHNMISERE

Des haßt doch rein die Leut für an Narrn haltn! Kräul i da am letztn Feiertag mit die Meinigen aufn Franz-Joseph-Bahnhof, um a Partie nach — so weits halt um zehn Kreuzer geht — zu machn, — hast es net gsehn! — werd i von der Kassa zruckgwiesn. Und warum? Weil schon so viele Passaschiere die Streckn hinausbefördert wordn san, daß sie für noch andere net genug Waggons ghabt hättn zum Zruckfahrn!

Den Bären sollns an andern aufbinden! Wanns a Million aussefahrn können, dann könnens ja die Million a wieder zruckführn! Freilich kommt von dera Million die Halbscheid a jeder mit an Affen zruck, aber so a Aff, der braucht ja kan Extraplatz, — der macht sich ja höchstens bei sein Besitzer im Schädl breit und bequem.

I muß, kosts was kost, beantragen, daß noch zwei oder drei neue Gleis glegt werdn. Wann notwendig muß die Donau zugschüttet, oder die Schienen müssen auf Überschwemmungstreppen in die Donau glegt werdn. Gschehn muß was!

A so ghänselt, wie i am Feiertag von meine Bekannten wordn bin, des möcht i nimmer erleben! Wie a begossener Pudel bin i dagstanden. Und was hat ma für a Satisfaktion für so a Aufsitzerei? Kane!

Dabei habns den Franz-Josph-Bahnhof erst vergrößert. Daß aber dran denkt hättn, an eigenen

Salon für die bei der Kassa Zurückgewiesenen dazu zu bauen, — des is wahrscheinlich über ihnern Horizont gangen!

Da is mir der Horizont vom Schwemminger schon lieber!

NACHTLEBEN

I war schon auf dem besten Weg, a Hallodri zwerdn, wann mi net a energische Hand auf den Pfad der Tugend zruckbracht hätt! Des war nämlich die Hand von meiner Alten, und i glaub, i bin heut noch a bissl gschwolln.

I und der Herr von Pollak warn am Sonntag bei an Ballett, wo a Wadelparade vorkommt. Anschließend san mir dann zu die eingebildeten Ringkämpferinnen gangen, die was net amal von an Hausherrn a Einladung zu an Nachtmahl annehmen. Des hat uns gstiert und mir habns a bissl gfrotzelt. Da san dann a paar sachverständige Athleten, die in der Näh gsessen san, wild wordn. Es waren die Verehrer von die Ringkämpferinnen und mir san gleich voll Verachtung hinausgangen, damit ka Skandal entsteht.

Dann is die Überraschung kommen. Mir sitzen ganz fidel bei aner Schampus-Quelln, wo i grad den dritten Stopsel fliegen laß, — da machts nach dem Knaller an Klescher und i siehs Feuer umtanzen vor meine Augen!

Himmel Seiten no amal, des war mei Alte! Ein Herr „Anonymus“ hat ihr zugsteckt, daß mirs Riesenradl laufen lassen wolln.

Servas Kaiser, die Blamasch! Des Gschra und des Kudern von die Schampusmadln! I bin dagsessen wie a Leich! Währenddem fragt mi ane: „Hörst, Gfüllter, is des dei Schwiegermutter?“ Drauf hat mei Alte no an größeren Gizzi kriegt.

Der Herr von Pollak is gleich nach der Tetschn verschwundn, aber auf der Flucht hat er noch an Zusammenstoß mit aner beleidigten Ringkämpferin ghabt. Sie hätt ihm beinah a Rippn brochn! Natürlich hab wieder i den ganzen Schampus zahln müssen. Der Alten vom Pollak hat mei Alte nix erzählt, weil schließlich hat er ja des größte Gwölb und die schönste Wohnung in mein Haus inne.

Wenn des der Schwemminger erfahrt!

INVESTITIONEN

Kruzineser! Im alten Wien hats a Dutzend renomierte Wirtshäuser gebn und a jeder hat sei Stammkaffeehaus ghabt, — und dorten war ma wer!

Und jetzt? Jetzt is in jeder Gassen, wenigstens an jedem Eck, a großmächtige Bierhalle und die Kaffeehäuser san nebeneinand wie die Hering. Jetzt is ma nirgends zhaus, wo ma doch eigentlich in die Lokale mehr zhaus is als zhaus. Und so kommts, daß der alte Wiener jetzt wirklich heimatlos is!

I ghör, wie a jedes echte Wienerkind, zu die Konservativen. So wars und so wärs noch immer das Richtige und Gemütliche. Aber da san auf amal die redaktionären Elementer auftaucht, die unsern alten Steffl aufn Kopf stellen wolln und nur a Ruh finden, wanns niemand a Ruh geben. Des karakterisiert unser Jahrhundert der Nervosität.

Die Franzosen haben, wie immer, den Nagel aufn Kopf troffen und nennen das jetzige Zeitalter ganz richtig „Feind des Säckels", — gschrieben wirds Fin de siecle.

„Es wird noch schlechter werden!" hat sogar unser Finanzminister prophezeit, und das kommt daher, weil mit die Millionen nur so umadumgschmissen wird! Zu was brauchen mir a Stadtbahn um achtzig Millionen? Muß aner wegen an Vierterl gleich bis ins Kahlenbergerdörfl aussifahrn? Hat er net zwa Schritt weiter gleich a Wirtshaus?

Wann mir den Binkl Geld in Krügln Bier umsetzen täten und die ganzen Hektometer-Eimerfasseln unter die Wiener ohne Unterschied der Nazionalität und Konfusion gratis verteilen würden, — was gäbert des für a Gaudi, und mit an Schlag wärn alle politischen, sozialen und kontinentalen Fragen gelöst!

Der Schwemminger würd ma sicher recht geben!

KOMMUNALES

Na alsdann! Jetzt geht die Uhr richtig! Jetzt is im Gemeinderat gar schon a Antrag einbracht wordn, daß die Gemeinde die Leichenbestattung in eigene Regie nehmen und von die goldenen Wiener Herzen, wanns auch schon zu schlagn aufghört habn, noch an Tribut einhebn soll.

Na ja, wenn des durchgeht, dann brauch ma nur noch a die Geburtshilfe verstadtlichen, dann san mir komplett, und a echts Wiener Kind kann sich dann von der Wiegn bis zum Grab nur mehr unter der Oberaufsicht der Gemeinde bewegn!

Kaum hat so a junger Staatsbürger das Licht der Welt erblickt, da wartet schon so a kommunaler Kindergarten oder a städtische Spielschul auf ihn. Dann kommt er in die ernstliche Kommunalschul, wo ihn je nachdem a städtisches Gaslicht oder a elektrisches Licht aufgsteckt wird. Unter dera Zeit darf er schon hie und da mit der städtischen Straßenbahn fahren und a Wiener Kommunalbier trinken. Is er etwa zeitweis net so recht beinand, so braucht er sich nur in a städtisches Spital zu legen. Später kann er dann am Magistrat a Zivil-Ehe eingehen, was ja erfahrungsgemäß oft zur Folge hat, daß ihm bald der Rathauskeller lieber wird als sein trautes Heim. Und schließlich wartet dann eh die städtische Leichenbestattung auf ihn!

Manchmal kanns auch zu aner Kombination von a paar städtischen Einrichtungen kommen. Zum

Beispiel wann aner grad nach an Besuch des städtischen Steueramtes an Sprung in den Rathauskeller macht und dort so lang verweilt, bis er die Votivkirchn für an städtischen Hochleuchtstrahlspringbrunnen anschaut und ganz erschrocken in an städtischen Straßenbahnwagen einerennt, der ihm so herricht, daß ihm nur noch die städtische Leichenbestattung übrig bleibt.

Im Prinzip hätt i gar nix gegen die neueste beabsichtigte Verstadtlichung einzuwenden, nur müßten die Interessen der besseren Staatsbürger, also vor allem der Hausherrn, gewahrt bleiben! I mein, daß halt die Hausherrn auf a besseres, separates Platzerl kommen, unter ihresgleichen. Und net am End so mittn in die Bagasch eini, die zu Lebzeiten vielleicht den Zins schuldig bliebn is.

Mit dem Punkt in dem Antrag, demzufolge es für die armen Leut a unentgeltliche Leich geben soll, kann i mi absolut net einverstanden erklären! Denn wer zahlts in Wirklichkeit? Nur wieder mir, die armen Besitzenden, die eh vor lauter Steuern und Abgaben nimmer aus und ein wissen! So viel Ehrgefühl sollt aber schon a jeder habn, daß er zu Lebzeiten zumindest auf sei Leich spart.

Na, wann i dran denk, daß i für die notigen Leut draufzahln soll, freut mi, meiner Seel, die ganze kommunale Leichenbestattung net!

Obs den Schwemminger freuen tät?!

WELTSTADT

Himmellaudon! Hoffentlich wird jetzt die Raunzerei, daß Wien ka Weltstadt net is, bald a End habn! Wann das Etablissement Ronacher im ehemaligen Stadttheater eröffnet is, nachher san mas! Nämlich die Weltstadt!

I war vorgestern drin und hab mirs angschaut. So was war seitm Apollosaal net da! Was sag i denn! So was hat Paris und London net aufzweisen! I bin sonst kaner von die, die überall hinrennen. I hab net amal des Parlamentshaus oder die neuche Universität noch besichtigt. Und ins neue Rathaus wär i net kommen, wann i net wegn dem Steuerzahln hätt hingehn müssen. Im alten Burgtheater war i nur a anziges Mal, weil i an gsperrten Sitz gschenkt kriegt hab, — bin aber gleich nachm ersten Aufzug fortgangen, weils mir zfad war. Im abbrennten Stadttheater bin i gar nie gwest und ins neue Volkstheater bringens mi a net hinein, weils a net viel besser sein wird als des alte Burgtheater —, und dem neuen weich i sowieso auf hundert Schritt aus.

Herentgegen alle Achtung vorm Ronacher! Ballsaal . . . Konzertsaal . . . Restauration . . . Hotel . . . Pilsnerbier . . . alles elektrisch beleuchtet . . . die Ausstaffierung höchst vornehm und künstlerisch vollendet, — mit an Wort: ein Haus für das bessere Bürgertum, wo ein honetter Familienvater sei Frau und seine Kinder hinführn kann. Das is eine Schöpfung, die unserer Stadt zur Ehre gereicht!

I möcht nur wissen, obs wahr is, daß zur Eröffnung der Schah von Persien und der kaiserliche Präsident von Nordamerika herkommen.

I muß den Schwemminger fragen!

VOLKSBILDUNG

Himmellaudon! Des is zu viel — oder eigentlich zu wenig! Denn die fünfhundert Gulden, die der Gemeinderat dem Volksbildungsverein bewilligt hat, san a bissl schmafuh!

Wann der Verein wirklich so schlecht is, so hättens ihm gar nix gebn solln. So aber schaut die Sach doch wie a klane Schmutzerei aus!

I für mei Person, i brauch ka Bildung mehr. Außerdem besuch i überhaupt kane Lokale, wo ma ka Bier net kriegt. Aber es is nur wegen meine Madln, — die gehn so gern in die Konzerter und reklamatorischen Vorträg, die so schön sein solln und nix kostn tun. Dann lesen meine Töchter gern und sie habn ihnere Romanbüchln meistens aus der Volksbibliothek bezogn, — des hat a wieder nix kost. I halts drum für höchst ungerecht, daß ma so an wohltätigen Verein aufn Hund bringen möcht!

Der Herr mit die Augenglasln, der immer zur „Kohlkreuzn" kommt, is sogar der Ansicht, es wär a Rechtsbruch, weil der Gemeinderat dem Verein dreitausend Gulden für drei Jahr zugsichert hat. Dagegen meinen andere, daß von einer Rechtsgültigkeit ka Red sein kann, weil über die Schenkung ka formeller Notariatsakt aufgnommen wordn is. Es is halt immer besser, wann ma was schwarz auf weiß hat.

Wann des so fort geht, wird Wien bald a abfaulender Misthaufn sein und aufm Stephansplatz wirds Gras wachsn! Vielleicht sollt ma an Gegenverein gründen?

Bin neugierig, was der Schwemminger dazu sagt!

ANTISEMITISMUS

„Habns die Bilanz von der Volkszählung glesen?“, fragt mi neulich der Herr von Pollak, der das größte Gwölb und die schönste Wohnung in mein Haus innehat. „Net amal um patscherte dreimalhunderttausend neue Einwohner hat Wien seit der letzten Volkszählung vor zehn Jahren dazukriegt! Is des a Fortschritt? Sehns jetzt ein, Herr Hartriegel, daß durch die Schmach des Jahrhunderts, den Antisemitismus, die Metropole noch ganz auf den Hund kommt? Das muß doch Sie, als Hausherr, am meisten berühren!“

Fix sakra, hab i mir denkt, da hat er recht!

„Aber Herr von Pollak, i bin doch eh ka Antisemit mehr, seitdem Sie in mein Haus wohnen!“ „Des is ja recht schön“, mant er drauf, „aber Sie, Herr Hartriegel, sollten halt auch weiterhin mehr aufklärend wirken!“

Drauf is er fortgangen.

Jessas, jessas, am End is er gar bös und kündigt mir auf!

I seh schon ein, i muß mi mehr betätigen. I derf net allein zur „Kohlnkreuzn“ gabelfrüstücken gehn, i muß mirs vielmehr so einteilen, daß i in drei, vier Wirtshäuser geh und überall im Sinne der Gleichberechtigung aller Staatsbürger für Freiheit und Fortschritt wirke. Denn wann mir der Herr von Pollak aufsagt, wo nimm i denn gschwind so a neue Partei her, die sich auf eigene Kosten sogar a englisches Klosett mit aner Wasserspülung machn laßt!

Es is überhaupt schmafu von der Bevölkerung, daß sie net mehr zunimmt! Von außen kriegn mir halt kan rechten Zufluß, weil mir als antisemitisches Pestnest verschrien san. A schöne Bescherung is des! Wie können denn mir Hausherrn unter solche Umständ unsere Wohnungen anbringen und steigern? I mag gar net dran denken!

Wann nur der Schwemminger käm!

PARKANLAGEN

Himmelkreuzlaudon! Der is uns noch abgangen, der Erlaß vom Herrn Burgermaster, daß aus der Schmelz a anziger großer Park gmacht werdn soll! Ah, — da möcht i als Mensch und Hausherr auch a Wörtl dreinreden!

Also die wertvolln und riesign Baugründ, für die ma a Vermögen einnehmen und damit die unglücklichn Hausherrn in der Steuer a bisserl entlasten könnt, — die solln mir nix dir nix preisgeben werdn? Für so a Gemeindewirtschaft dank i!

Und zwegen wem? San ma ehrlich, — für die Bagasch! Weil im Winter hat ka Mensch was von an Park und im Sommer gehn die anständigen Leut eh aufs Land. Zruckbleibt nur die notige Gsellschaft. Und die soll lieber arbeiten gehn, damits den Hausherrn pünktlich den Zins zahln können! Hab i net recht?

Und außerdem, — wo werdn nachher die Generalproben für die Schlachten abgehalten werdn können, wann die Schmelz ihrer patriotischen Bestimmung entzogen wird?

Kann mir a vernünftiger Mensch sagn, zu was unseraner Parkanlagen braucht? I bin zfrieden mit die zwa Bam, die bei mein Stammbeisl im Hof stehn, daß ma an die haßn Sommertäg net grad sei Pils in dem dunstigen Loch drinnen trinken braucht.

Ja, wann alle Leut so anspruchslos wären wie unseraner, nachdem wärs gut, aber die niederträchtige Begehrlichkeit der Leut bringt alles um und zerstört a jede solide Basis.

Des sag i a dem Schwemminger!

TRINKERHEILANSTALTEN

I waß net, was sie allerweil habn mit derer Errichtung von Trinker-Asylen! A jeds Wirtshaus — und i man, mir habn gnug davon — is ja nix anders als wie a Trinker-Asyl!

I bin mit dem meinigen Wirtshaus ganz zufrieden. Oder wollns leicht den konzessionierten Wirten wieder a Konkurrenz auffepölzen? Is net gnug, daß schon durch die Stehbierhallen und jetzt gar auch noch durch die Buffett-Automaten das reelle Wirtsgschäft aufn Hund kommt? Und jetzt kommen die vom Magistrat oder vom Gemeinderat oder vom Reichsrat oder sonst aner ratlosen Gsellschaft daher und wolln bei die Wirtshäuser Hindernisse schaffen, — na, des geht uns grad noch ab!

Der Herr mit die Augenglasln, der immer zur „Kohlkreuzn" kommt, der hat freilich gmeint, daß in das Trinker-Asyl nur solchene kommen solln, die zu viel trinken, und die solln dort noch schlechter behandelt werdn als wie die Narren. Ah, da muß i aber bitten! Des wär ja noch schöner! Das soll die Besserung der Zuständ und die Freiheit sein, die sie uns bei der Wahl so großmäulig versprochn habn? Da müßt ma ja standerpeder zur Polizei gehn und die Anzeige machn, wie heutigentags mit uns konstitutionelle Staatsbürger umgsprungen wird!

Wann i zu viel trinken will, so geh i in mei Stammwirtshaus, aber net in a öffentliche Anstalt! In mein Wirtshaus, da hab i was zu reden, aber net, daß i mi dortn infam behandeln laß! A Gast is und bleibt a Gast!

Übrigens kann i gar net glaubn, daß sie an zwingen können, dorthin zu gehn. Mir habn doch schon seit 1789 unsre Menschenrechte. Da werd i mi noch näher erkundigen.

Vielleicht waß der Schwemminger was davon!

ERFINDUNGEN

Es is doch sonderbar, daß mir Menschen, die mir doch alle vom alten Adam abstammen, so ungleich san!

Während i, zum Beispiel, meine zehn bis fufzehn Krügln Pils auf an Sitz ganz guat vertrag, bin i net amal imstand, a Maschin zum Flöhfangen zu erfinden! Die ganzen Erfindungen von diesem Edi sein Sohn hätten lang net so an Wert, als wie wenn aner auf die Idee käm, wie ma selbst im Winter mit frische Zwetschkenknödl bedient werdn könnt!

Zu was, frag i, is es denn eigentlich guat, des neuerfundene Phonograffelwerk? Daß ma die Stimm von an Menschen oder den Ton von an Instrument a paar tausendmal nacheinander hören kann? Wann i dann und wann — es trifft sich eh höchstens fünf- oder sechsmal in der Wochn — spät ausm Wirtshaus zhaus komm, fangt mei Alte immer mit derselben Predigt an, als obs so a Grafflophon im Bett versteckt hätt. Und hört ma net längst schon, a ohne dera Maschin, ein- und dieselbe Melodie von unsre Werkelmänner den ganzen Tag abeleiern, ohne daß ma sich dagegen wehrn kann?

Ober meiner hab i a Näherin als Partei — i habs übrigens schon aufkündigt — die mit aner neuerfundenen Nähmaschin die halberte Nacht werkelt, daß der Plafond scheppert! Na, na, laßts mi aus mit die neuchn Erfindungen! San ja alle für die Katz!

Wann sich der Edi-Sohn mitsamt sein Vater bei mir a Bildl einlegn will, dann soll er amal a Denkmaschin ausspintisieren, damit ma sich net alle Augenblick über was Nötiges oder Unnötiges den Kopf zerbrechen und i net allerweil sagen muß: „Wann nur der Schwemminger käm!“

RADFAHRER

Was passiert mir neulich? I geh über die Lastenstraßn, da kommt so a wilder Radler dahergsaust und gibt das Glockenzeichen. Wie i auf die Seiten spring, kommt a zweiter angrast, der schreit: „Achtung!" . . . und steßt mi auf die Seiten. I, ganz paff, bin wie versteinert, bleib stehn und hab gar net bemerkt, daß no a dritter Radler nachkommt. Der hat überhaupt nix gsagt, sondern hat mir bloß mit aner Hundspeitschn a paar abeghaut. Drauf habn alle drei „All Heil!" gschrien und san in Galopp davongfahrn!

Was soll ma in so an Fall machen? Wann ma zur Selbsthilfe greift, so wird ma gstraft, und dann is die Selbsthilfe auch gefährlich, weil was is, wann der Radfahrer vielleicht gar an Revolver bei sich hat? Mei anziger Trost is der, daß die Radlfahrer so überhandnehmen, daß sie sich bald gegenseitig niederrennen werden, und daß sich aus Furcht vor die andern Radler kaner von ihnen mehr auf die Straßn traun wird.

Jedenfalls war i froh, daß i heil in die „Kohlkreuzn" kommen bin! Na und dort fragt mi der Herr mit die Augenglasln, ob i schon auf der großen Radschaukel gfahrn bin. I hab mi in die Seel hinein gschamt, daß i hab müssen „Na" sagen. Denn das Fahrn auf der Radschaukel ghört jetzt sozusagn zur allgemeinen Bildung. I hab mi bis heut net zu fahrn traut, weil i gfürcht hab, daß des Riesenradl steckenbleibn könnt und i nachher tagelang ohne Nahrungsmittel und ohne Getränke in der Luft zappeln müßt. Jetzt muß i mi aber doch amal im Prater haspeln lassen. Es wär ja a riesige Blamasch, wann mi zufällig a Fremder fragert, ob i schon am Riesenrad gfahrn bin! I möcht nur wissen, ob ma net dabei die Seekrankheit kriegt . . .

Wann nur der Schwemminger käm!

KULTURDEFIZIT

Fix Laudon! Jetzt habn mir im Raimund-Theater richtig a Defizit von mehr als sechsundachtzigtausend Gulden!

Von die künstlerischen Leistungen will i net redn, weil mir dazu die hohe literarische Bildung fehlt. Für mi is die Hauptsach der Geldpunkt. Aber mit der jetzigen Wirtschaftlichkeit komm i net auf meine Gründerkosten.

Der Herr mit die Augenglasln, der immer in die „Kohlkreuzn" kommt, behauptet zwar, das Theater wär a Bildungsanstalt, bei der das Geld ka Rolln spielt. Das is aber net mei Ansicht! Für mi is und bleibt das Theater a Unterhaltungsanstalt und je mehr Geld das Unternehmen abwirft, desto besser unterhalt sich der Gründer dabei. Drum hab i für an Antrag gstimmt, daß des Theater in Pacht geben wird.

Wann des Raimund-Theater a praktischer Mann in die Händ kriegt, der die dummen Stückln vom Raimund und vom Anzengruber und überhaupt die faden Klassiker aussifeuert und dafür pikante französische Schwankerln und Operettln gibt, so wird er damit a Gschäft machn und mir Gründer werdn sich nebstbei auch unterhalten.

I muß drüber mitm Schwemminger reden!

FEUERBESTATTUNG

Zuerst hab i gmant, i bin in aner Leichenverbrennungshalle, weil alle Anwesenden mit aner Leichenmiene herumgsessen san, — aber dann wars doch a Bierhalle, wo der Leichenverbrennungsverein sei erste Sitzung abghaltn hat.

Des Bier war net zum Saufn und i wollt schon wieder gehn. Da is der Präsident aufgstanden und hat darüber abstimmen lassen, ob alle Anwesenden verbrannt werdn wolln. Und weil i net aufzeigt hab, hat mi der Herr Präsident persönlich gfragt, warum i gegen die Leichenverbrennung bin. Schon die Griechen hätten des praktiziert. Der König Priamos hat sogar seinen geliebten Hektor verbrennen lassen. Na wenn des so is, hab i mir denkt, und der Verein nur dic Hund verbrennen will, dann kann i ja bleibn.

Aber wie dann der Kassierer aufgstanden is und den wichtigsten Paragraphen aus den Statuten vorglesen hat, nämlich daß jedes Vereinsmitglied verpflichtet is, den und den Beitrag zu zahln, bin i aufgstanden und gangen. Denn jetzt hat sich herausgestellt, daß die ganze Gesellschaft mehr fürs Absieden als fürs Verbrennen war!

I werd den Schwemminger davor warnen!

SCHÖNHEITSKONKURRENZ

Der Herr von Pollak, der das größte Gwölb und die schönste Wohnung in mein Haus innehat, war ganz versessen darauf, daß i mi beteiligen soll bei der Männer-Schönheitskonkurrenz.

Im Anfang hab i glaubt, daß er mi frotzeln will, aber nachher, wie er mir mit Argumenter kommen is, hab i eingsehn, daß ers ernstlich mant.

Ja was glaubt er denn von mir, der Scheinheilige? Mant er wirklich, daß i gar ka Schand im Leib hab und mi bloßfüßig von Kopf bis zu die Zehn in an hellbeleuchteten Saal vor alle Leut hinstell, mi rundumadum drah und wie a Ballettmadl von alle Seiten und in alle Stellungen anschaun laß? Vielleicht mit die Operngucker a noch! Pfui Teufel!

Sehn könnt i mi freilich wohl lassen. Besser wenigstens schon als wie der Herr von Pollak mit seine O- und Plattfüß, der Riesengurken-Nasn und die wegstehenden Ohrwaschln, — aber für unseran, an Hausherrn, schickt sich so was doch net.

Wie leicht könnt zufälligerweis eine von meine Hausparteien zum Zuschaun kommen! Der ganze Respekt vor der Autorität wär beim Teufel und das wär der schönste Preis net wert.

Kurzum, so was geht net, ghört sich net für an Hausherrn vom Grund, der was beim Umgang mit der anzundenen Wachskerzen mitgehn därf und den die Musik am Umgangssonntag in der Früh a Ständchen bringt.

Ein Opfer muß ma seiner Stellung schon bringen und sich ein bißl zruckhaltn von solchene Sachn, namentlich, wann das auf den Durst kan nachteiligen Einfluß ausübt.

Schani, Mistbub, siehst net, daß mei Krügl leer is? Also gschwind a frisches — bevor noch der Schwemminger da is!

STREIK

Jetzt streikn sogar schon die Schneider! Des stiert mi. Weil was des Gwand anbelangt, so is des — zum Unterschied von allem andern — von Jahr zu Jahr billiger wordn.

Der Jakob Krakauer am Eck vorn, von dem i mi bis dato hab gwandn lassn, hat mir schon ankündigt, daß er jetzt teurer werdn muß. Und warum? Weil die Stuckmaster die Arbeit einstelln wolln, wann er net mehr zahlt. Die san nämlich a unter die Sozi gangen!

Alles was recht is, aber wie kommen denn mir, die besitzenden Klassen, dazu, für a nebbiche Hosn um 15 Kronen mehr zu brennen? Da werd i halt anstatt zu an Schneider in a Gwölb gehn und mir an fertign Anzug kaufn, der viel billiger is als so a Hosn vom Schneider! Wenn a alle rundherum sagn werdn, daß sich der Herr Hartriegel als a Hausherr schamen sollt, so a Pofelgwand zu tragn, werd i mir denkn, ihr könnts mi Buckelkraxn tragn! Weil a hübsche Zeit lang wird die Kluft doch haltn.

Anderseits will ich mirs mit dem Jakob Krakauer a net verfeindn, denn wer waß, was für a Gesinnung er an den Tag legn wird.

Kruzi Adaxl — jetzt hab i vor lauter Nachdenkn schon des siebente Krügl Pils abigleert und waß no immer net, was für a Gesinnung i momentan habn sollt!

I werd mi mitm Schwemminger darüber beraten!

TRAMWAYÜBERFÜLLUNG

Himmelkruzineser! I möcht nur wissen, was die allerweil mit der Tramwayüberfüllung habn! Wems net recht is, der soll sich an Fiaker nehmen! I fahr des ganze Jahr mit kan Tramwaywagen, und denen, die fahrn, macht wahrscheinlich die Drängerei a Hetz, — weil sonst tätens ja net fahrn!

Der Dokter Lueger gibt net amal als a Kranker a Ruh und schickt vom Krankenbett aus a Interpellation nach der andern wegen der Überfüllung. Wahrscheinlich leidet er unter anderm auch an der Skandalsucht! Weil wann er im Bett liegt, so kann er eh net mit der Tramway fahrn, — folglich kann ihn auch die Überfüllung net schenieren. Es is alsdann der höchste Undank von ihm, wann er die Tramway-Gsellschaft angreift.

Aber so sans, diese Hetzer und Volksaufwickler!

I halt den ganzen Bahöll für überflüssig; denn bis sich die Gemeinderät drüber einig werden, wer eigentlich an der Überfüllung schuld is, derweil is ohnehin die Stadtbahn längst fertig und nachher hört sich die Tramwayüberfüllung von selber auf.

Da wird mir sogar der Schwemminger recht geben!

STIERKAMPF

Warum, frag i mi, solln mir Wiener net a Stiergefechte habn? Es wär doch wieder was Neuchs! Seit der alten Wiener Tierhetz, was a Viechshetz gwesn sein muß, war nix Ähnliches da!

Was aber wird gschehn? Natürlich, die Ungarn werdn uns zuvorkommen. Wie der Ochsenmarkt nach Preßburg verlegt wordn is, so wird der Stierkampf nach Budapest verlegt werdn. Und nur, weils die hiesige Behörde verbietet!

Angeblich soll des fürs Volk ka Unterhaltung sein. Daß i net lach! Übrigens tun ja die Stiere gar net miteinander fechten, sondern mit den Trocaderos, von denen dann mancher aufgspießt und in die Luft ghaut wird. Na, des wär doch was! Wers net sehn kann, soll sich halt die Augen zuhaltn. Was die Spanier zsammbringen, werdn mir a noch im Stand sein!

Hingegen schaut die Polizei tatenlos zu, wenn sich die Leut, die auf Bildung studieren, raufn und prügln, daß es höher net geht! Auf an akademischen Boden soll so was erlaubt sein. Na schön. Aber wann sich das Studentenvolk so skandalös aufführn derf, warum dann net a die Stiere? Sollns dafür halt an akademischen Fuaßboden herstellen, damit die Steuerträger was von ihren Steuern habn. A so a Gaudi auf Regimentsunkosten wär doch net zuviel verlangt!

Der Schwemminger hätt sicher nix dagegen!

ASTRONOMISCHES

Jetzt bin i extra drei Stund länger beim „Höllriegl" sitzen bliebn, — und der Komet is noch immer net da! Jetzt waß i net, soll i da draußn wartn, oder soll i noch amal zum „Höllriegl" zruckgehn, wo heut des Pilsner besonders frisch war?!

Der Schwemminger sagt, der Komet soll auf der Nordseiten stehn, — das is recht schön — wann ma nur wüßt, auf welcher Seiten die Nordseiten is! Am besten soll ma ihn am Kahlenberg sehn, aber es is schon zu spät zum nauffahrn. I werd halt in Gottsnam warten; bin i wegen dem Schah von Persien vier Stund lang gstanden, so kann i doch aufn Kometen a so lang warten.

Du lieber Himmel! Wann i nur an bekannten Sterngucker hätt, daß i wüßt, was das eigentlich für a Komet is! Obs der von 1807 oder gar der von 1378 is? Sei Schwaf soll zehn Grad lang sein! Mein Gott, die Grad san halt verschieden. Auf mein Taschenthermometer san zehn Grad net amal a halber Zoll, währends auf dem großen Thermometer vom Rospini wenigstens a halbe Elln san! Na und auff der Sternwart werdens noch größer sein!

Kruzitürkn! I seh noch immer ka Spur von an Kometen! Wie i glesen hab, so soll der Komet mitm frein Aug sichtbar sein. Folglich sollt i ihn a sehn! Oder is vielleicht mei Aug nimmer ganz frei, weil i heut um a paar Krügln mehr trunkn hab?

Aha! Dort steigt er auf! Der is ja unsinnig groß! Aber er hat ja kan Schwaf und i hab doch ausdrücklich glesen, daß er zwa Schwaf hat! Sapperlot! Jetzt hab i mi girrt! Was i für an Kometen angschaut hab, is bloß die transparente Uhr von der Mariahilferkirchn!

Ans is sicher: So a Komet is allerweil a bedenkliche Gschicht, es steckt nämlich immer a Unglück dahinter! Es fragt sich nur, ob der jetzige Komet Krieg bedeutet oder gar an zweiten Börsenkrach.

Es is nur schad, daß i kan Bekannten seh, der mir über die politische Tragweite und Bedeutung der Kometen nähere Auskunft gebn könnt.

Wann nur der Schwemminger käm!

KURAUFENTHALT

Na, an des Karlsbad werd i noch lang denken! I bin zwar mit heiler Haut davonkommen, aber menschlich war die Kost dort net! Mir hats soweit ganz guat angschlagn. Wo i mi früher wie a gemütskrankes Nilpferd aufergschleppt hab, spring i jetzt in die Höh, wie a leichtfüßiger Elefant.

Aber noch a ganz andere Bedeutung, a moralische nämlich, hat mei Kuraufenthalt ghabt. I hab an tiefen Blick in das goldene und hoffentlich noch unverfettete Herz von meiner Alten tun können. Mein Jammern und Lamentieren über die dortige Atzung muß die guate Haut damisch ergriffn habn. Eines Tags kommt a Packl, das die bekannten Schriftzüg von meiner Alten und die Aufschrift „Blumen" tragt. I denk mir, sie is narrisch wordn! Zu was brauch denn i Blumen? Wie i des Packl a wenig grantig aufmach, denk i mir wohl, des müssn aber spassige Blumen sein, — da auf amal wird mir a Anblick zuteil, den i mei ganzes Leben net vergessen werd und der mi meiner Seel zu Tränen gerührt hat!

Was drin war im Packl? Zwa wunderschön anbräunlte Gansbiegeln, sauber in Seiden- und Pergamentpapier eingwickelt!

I hab mir natürlich gleich a Bankerl in an versteckten Winkerl gsucht und hab die langentbehrte Delikatesse unter tausend Segenswünschen auf mei Alte in stummer Andacht verzehrt.

Am Heimweg hab i mir dann a Viertel kurbehördlich konzessionierten Gesundheitswein vergönnt, sodaß i nach langer Zeit wieder amal das öde Gfühl aus dem Magen ausserbracht hab.

Alle paar Tag is dann a weiteres Packl kommen, sodaß letzten Endes die Kur in Karlsbad a voller Erfolg war.

Nur der Schwemminger is mir manchmal abgangen!

MELANCHOLIE

Nein! Mi gfreuts nimmer in der Wienerstadt! Es geht nimmer schön zu bei uns!

I bin gwiß ka Umsturzmann, aber wann selbst der gutgesinnteste Bürger nimmer sicher is, daß er arretiert wird, wann er des „Drahrer-Lied" singt, weil vielleicht a schwerhöriger Sicherheitswachter glaubt, er hätt die „Wacht vom Rhein" intoniert, da muß selbst der beste Österreicher a Sehnsucht nach auswärts kriegn.

Unsere öffentlichen Zuständ werdn immer düsterer! Den Prater habns uns längst ruiniert, und des bissl Wurschtelprater, was noch übrig bliebn is, tuns einem auch verleiden. Das war in letzter Zeit noch mei anziger Trost bei all dem Elend und dem wirtschaftlichen Niedergang, daß i dann und wann zum „Weißen Hirschen" oder ins „Schweizerhaus" gangen bin und im Grünen a Stückl Kas oder Salami gessn und dazu a paar Krügln trunkn hab. Des soll jetzt a aufhörn! Die Salamimänner wolln auswandern, weils mit die Wirten übers Kreuz san. Und die Brot-Schani gfreuts a nimmer. Und mi gfreut überhaupt des ganze Leben nicht mehr!

Meiner Seel, wann sich die politische Lage net bald ändert, so wander i aus! Aber wohin soll i nur gehn? Im Hütteldorfer und im Nußdorfer Bräuhaus is ka Wohnung zu habn, — vielleicht daß i in Schwechat oder Liesing was find? Sonst müßt i gar nach Pilsen auswandern!

I möcht nur wissen, obs in Pilsen so viele Deutsche gibt, daß ma mit seiner ehrlichen Muttersprach halbwegs fortkommt und wem hat, mit dem ma reden kann. So wie mitm Schwemminger.

PERSONENREGISTER

Billroth	Theodor (1829–1894) dtsch. Chirurg, Professor in Wien
Doublier	franz. Athlet
Edison	Thomas Alva (1847–1931) amerik. Erfinder
Gabesam	Josef (1807–1883) Wiener Kaffeehausbesitzer
Hektor	Sohn des Priamos, trojanischer Sagenheld
Höllriegl	Wiener Gastwirt
Jagendorfer	Wiener Athlet
Kolschitzky	Franz Georg (1640–1694) Kaufmann, Kundschafter, legendärer Begründer des Wiener Kaffeehauses
Krakauer	Jakob Wiener Schneidermeister
Kummer	Eduard und Michael Wiener Gastwirte, Hotelbesitzer
Lewinsky	Josef (1835–1907) österr. Schauspieler
Lueger	Karl Dr. (1844–1910) österr. Politiker, Wiener Bürgermeister
Priamos	sagenhafter König von Troja
Radetzky	Johann Josef Wenzel Graf (1766–1858) österr. Feldmarschall
Ronacher	Anton (1841–1892) Wiener Gastwirt, Besitzer des gleichnamigen Konzert- und Ballhauses
Sacher	Anna Maria (1859–1930) Hotelier
Sacher	Eduard (1843–1892) Hotelier

Schöffel	Josef (1832–1910) österr. Politiker, „Retter“ des Wienerwaldes
Schopfbeutler	geistl. Herr, Wiener Pater
Steudl	Johann Wiener Kaffeehausbesitzer
Suttner	Berta (1843–1914) österr. Schriftstellerin, Friedensnobelpreisträgerin
Tegetthoff	Wilhelm von (1827–1871) österr. Admiral
Wetasa	Wiener Athlet
Wiesmüller	Wiener Kommunalpolitiker
Zelinka	Andreas (1802–1868) Rechtsanwalt, Wiener Bürgermeister

Im Verlag LYNKEUS erscheint gleichzeitig

Band 1

K.(u.)K.
Theaterspott

oder

DIE DIREKTION HAT KEINE KOSTEN GESCHEUT

Wiener Literaritäten

Persiflagen und Pointen
von den Harfenisten bis zu den
Kabarettisten

ISBN 3-900924-01-5

Im Verlag LYNKEUS erscheint gleichzeitig

Band 3

„Sex and crime“-Parodie
aus den Zwanzigerjahren

ISBN 3-900924-03-1

Im Verlag LYNKEUS erschien 1988

Ein besonderer Mensch

Erinnerungen an

Hermann Hakel

220 Seiten, 31 Schwarz-Weiß-Abbildungen
Paperback, 14,8 x 21 cm, S 248,– / DM 36,–

Im Buchhandel (auf Bestellung) oder beim
Herausgeber (Hermann-Hakel-Gesellschaft)

ISBN 3-900924-00-7

Der im Dezember 1987 verstorbene Schriftsteller Hermann Hakel war vor allem in den Nachkriegsjahrzehnten ein Begriff für alle, die an der österreichischen Literaturszene teilgenommen haben; dies weniger aufgrund seiner sparsamen Publikationen, als vielmehr wegen der Wirkung, die von seinem eminenten Intellekt, seiner unbestrittenen rhetorischen Fähigkeit und menschlichen Originalität ausging.

Die vorliegende Sammlung enthält Beiträge von zwei Dutzend Zeitgenossen verschiedenen Alters, Standes, Berufes und Wohnortes, die zu ihm in irgendeiner Beziehung standen.

Dazu kommen eine autobiographische Skizze, eine ausführliche biographische und bibliographische Zeittafel, Fotos aus verschiedenen Lebensperioden, eine Zeichnung sowie Originalabbildungen von Briefen und Karten bekannter Schriftstellerkollegen wie Csokor, Britting, Gütersloh, Hesse, Jünger, Mell, Nossack, Waldinger und Worringer.

Die Beiträge in diesem Buch wurden geschrieben von Evelyn Adunka, Gerhard und Martin Amanshauser, Rainer Brandenburg, Friedrich Danielis, Alfred Frisch, Leo Glueckselig, Johann Gunert, Wilmont Haacke, Hans Heinz Hahnl, Friedrich Heer, Martin Kessel, Emmerich Kolovic, Richard Kovacevic, Heinrich Leopold, Dagmar Lorenz, Andreas Okopenko, Judith Por-Kalbeck, Hans Raimund, Alexander Sacher-Masoch, Thomas Schaefer, Hermann Schreiber, Herbert Selkowitsch und Ulrich Walberer.

Im Verlag LYNKEUS erscheint 1991

Hermann Hakel:
DICHTER und DICHTUNGEN /
BEGEGNUNGEN und BEMERKUNGEN

Aus bisher unveröffentlichten Tagebuchaufzeichnungen der Jahre 1932 bis 1985.

Dieser sehr umfangreiche Band wird neben kritischen Stellungnahmen zu Literaten und Literaturbetrieb, vor allem Hakels Aufzeichnungen über seine Zeitgenossen enthalten, wie

Franz Werfel
Stefan Zweig
Robert Musil
Jean Améry
Peter Hammerschlag
Max Mell
Josef Weinheber
Fritz Hochwälder
F. Th. Csokor
Elias Canetti
Klaus Mann
Berthold Viertel
Ernst Jünger
Franz Kießling
Ingeborg Bachmann
Heimito v. Doderer
A. P. Gütersloh
Hertha Kräftner
Helmut Qualtinger
Christine Busta
Thomas Bernhard
Ernst Jandl
Gerhard Fritsch
Walter Buchebner

und viele andere.

Anfragen und Vorbestellungen direkt beim Herausgeber (Hermann-Hakel-Gesellschaft)